# 美丘

[日] 石田衣良 著
纪鑫 译

青岛出版集团 | 青岛出版社

# 目 录

楔子 / 1

一 / 1

二 / 8

三 / 16

四 / 20

五 / 24

六 / 36

七 / 41

八 / 46

九 / 53

十 / 57

十一 / 62

十二 / 68

十三 / 76

十四 / 80

十五 / 83

十六 / 89

十七 / 92

十八 / 98

十九 / 106

二十 / 112

二十一 / 116

二十二 / 120　　　　　三十三 / 183

二十三 / 126　　　　　三十四 / 188

二十四 / 131　　　　　三十五 / 193

二十五 / 135　　　　　三十六 / 198

二十六 / 143　　　　　三十七 / 208

二十七 / 145　　　　　三十八 / 213

二十八 / 150　　　　　三十九 / 220

二十九 / 156　　　　　四十 / 223

三十 / 160　　　　　　四十一 / 228

三十一 / 169　　　　　四十二 / 233

三十二 / 177　　　　　四十三 / 238

# Mioka

# 楔　子

美丽山丘简写为美丘。

这就是你的名字。

你有你的独特之美,实际上却算不上是个大美人,也并非可爱到多么引人注目。也许是性格的缘故,与其说你像美丽的山丘,不如说像是暴风雨中的山岗。

还记得吗?在这一年多一点的时间里,我始终注视着你。最初像欣赏一只珍稀动物,中途又变为观察一个平凡的世间女子,最后三个月,则目睹你以独有的方式慢慢地毁灭。想起你,我时而哭泣,时而欢笑,情欲难抑。

美丘,你在雨中奔跑,浑身湿透;你笑着走向距天空最近的地方;你在黎明前的晨曦里撕裂般地狂舞。哪怕是朋友的男友,只要你喜欢也毫不避讳。遇上可爱的女孩,则更是无视性别。你在午夜街头跟流氓搏斗,甚至踢断过一个不知名的倒霉蛋的门牙。你宛如一颗流星,燃耗生命放尽光华。

现在连我都看懂了你。无论做什么,你都会全力以赴投入自己。因为你了解生命的真相。生命如点燃的导火索,任何人都不可能有足够的时间犹豫。

美丘，如你所言，我的头发至今仍一片火红。我的左胸，心脏的上方，用机器印刻上了一个大大的头文字M①。这是我的第一次文身。字母下面，文着你的生死年份。

知道吗？我的胸膛就是你的墓冢。只要这颗心脏跳动不止，你便可永眠在我的胸前。我要游历世界，将诸多美景展现给你。我要遍尝美食，与你分享无尽美味。着装打扮也不遗余力，每年都要把最新款的时装穿给你看。虽然眼下还做不到，等我再谈恋爱的时候，一定向你倾诉男人心中的激情与痛苦。

美丘，从今往后的一切都由我俩共同面对。用你浓重的人生态度来生活也许有些困难，但我一定要活下去，一定要尽我所能地活下去，直到心脏最终停止跳动。

这就是与你共度十三个月后的结论。

往下我要讲述的，便是受你所托、来自峰岸美丘专属华生役②的报告。如果有可笑的地方，请尽情笑出声来。任何时候，我的心都充满柔情，让什么人笑起来并非难事。

美丘，与你相逢的那个暖暖的十一月的星期一下午，广袤平和的晴空，如东京街町路面上的青石板般伸向无尽的远方。

---

① 头文字M：美丘的日语罗马字拼写为Mioka，开头字母为"M"。
② 华生役：指推理小说里侦探的助手或故事的讲述者。源自英国小说家柯南·道尔创作的福尔摩斯系列作品中约翰·华生医师这一角色。

一

明知大学是一所位于青山大道上的大型院校,校舍高达二十二层。不记得什么原因了,当时我正与形影不离的逃课搭档躺在屋顶上。可能最近流行这种式样,高层建筑屋顶的中心处都有块种上草皮的宽阔的绿化区域。远处,神宫森林①、赤坂御所②都淹没在秋末的干绿中。趴在我身边的北村洋次说:

"真舒服!这就叫小春日和吧!"

福岛县出身的洋次,进大学都一年半了,还没改掉乡音。品味不怎么样,却一身价格不菲的流行货。他家世代以制酒卖酒为业。他那天穿的灰色毛衣也不只是普通毛衣那么简单,而是件开司米羊绒衫。

"不对吧!小春日和说的是冬季过后天暖的日子,不是吗?"

笠木邦彦横滨出身,说话倒是不带口音,却也毫无力度可言。真希望他别再勉为其难地说什么都加上个"不是吗"。更有甚者,他还莫名其妙地说,"不是吗"在横滨只能用于过去时态。

---

① 神宫森林:指明治神宫的人造森林,地处日本东京市中心,占地70公顷。
② 赤坂御所:位于日本东京赤坂的皇室关联设施的名称。

若是充当工于打扮的软派师①，我们三人中他最合适。他俩像出来晒太阳的海豹似的一起仰脸看向我这边。

"嗯，洋次说得对。小春日和说的是十一月暖和的天气。"

大多数问题最后都会被踢到我这里来。我是土生土长的东京人，爱看书，在大学里算是绝对的少数派，不知为什么被他俩误以为是个博学之人了。洋次说：

"到底是太一啊！你怎么不上个更好的大学？明知也算说得过去，但论起偏差值可并不是出类拔萃的啊！"

我摇摇头。青山大道上的噪音终归传不到二十层楼以上来。和风拂过草坪也轻抚着我们的面颊。

"我对大学啊偏差值什么的没兴趣，只要能读到我喜欢的书，去哪个学校都一样。反正我不搞应试学习。"

邦彦单肘支地撑起上身。

"真的假的？为考进这里，我可是在预备学校里遭了好一顿罪啊！"

洋次用奇怪的语调慢条斯理地说：

"我跟太一差不多，只要是东京的大学，哪儿都行。反正干几年活儿，以后就等着继承我爸的酒窖了。"

"多省心啊！将来的事你什么都不用打算了。至于我，毕业后干什么好呢？天知道！"

---

①软派师：注重衣着打扮，喜欢与女性交往的男性。

邦彦把脑袋磕落在草坪上。我笑道：

"可是阿邦,你不也跟别的学生一样不去上课嘛!"

"也是,学校里的课太无聊了不是吗!就没什么东西能'咣'的一下提提神儿。比如说突然有个性感辣妹现身该多来劲儿!"

洋次对我做了个嘴形,没出声。

(他没毛病?)

明知大学的大部分学生跟当下的大学生没什么不同。一本正经地去听课,确保学分,可能的话,资格证之类的也会去考,为就业做准备。成熟稳重认真踏实的学生日渐增多。

我们三人则偏离了这个主流方向。洋次没什么就业方面的担忧,来东京的目的就是玩。邦彦厌倦了应试学习,在大学里只想泡妞度日。我很早以前就对公共教育彻底绝望,只求四年里能免受打扰地看看自己喜欢的书。

尽管目的不同、性格迥异,但在"不相信通过上大学能找到更好的工作"这一点上,却能达成共识。

总之,我们已游离于周围的学生之外。我环视这优美宁静的大学屋顶花园,现在正是上课时间,长椅和草坪上仅有寥寥几个学生。

就在这时,我的眼角瞄到一件反常的事。一个身穿靴型牛仔裤配游骑兵[①]皮夹克的娇小女生出现了。短发,涂了发蜡的发

---

① 游骑兵：服装品牌名称。

梢不安分地向外侧跳跃着。这女生两手搭上白色铁围栏,开始往上爬。

"喂,瞧那家伙!"

周边的学生可能在为下节课作准备,似乎都还没注意到她。她攀爬的围栏距我们躺卧的草坪最近。邦彦跳起来的同时高叫:

"快停下!别自杀!"

洋次、邦彦和我,游离于大学之外的三个人,像沙滩旗①决赛似的,顾不上后背粘满的枯草,猛地向围栏冲刺过去。她若无其事地"噌噌"爬上高约两米、防止坠楼用的铁围栏。

女生耷拉下一只穿着篮球鞋的脚,从白围栏上向我们回过头来,一脸不可思议。一双明亮的浅茶色眸子跟猫眼相仿,煮干的牛奶一般白净的脸颊上散落着几颗雀斑,尖尖的鼻子抖威风似的微微上翘。这张脸算不上漂亮,乍见的瞬间却有着将悲切传递给对手的力量。我冲着那双眼睛大叫:

"别跳!死在这里会给学校添乱的!"

她自顾自地从围栏上跳了下去。这样说请不要误会,围栏距楼顶平台边缘还有大约一米半。她噌地跳上约摸齐膝高的白色混凝土边缘。手抓围栏的洋次一屁股坐在了地上。

"啊!难受,我恐高!"

洋次脸色苍白,将视线从围栏外东京广阔的冬空上移开。

---

① 沙滩旗:针对救生员进行的奔跑能力、反应速度的救生训练运动。

女生展开双臂,篮球鞋在二十二层的空中平台上漫步,还朝围栏这边的我们同情似的笑笑。这笑脸在我心头点起一把火。

"喂喂,要干吗呀?!"邦彦对我惊呼道。

此时,我的手已搭上围栏中间位置,双手交替攀援,一口气爬上两米多高的围栏。从这里看到的神宫扭曲成了球形,但我顾不上这些了。

我从围栏上向混凝土地面跃下,两手扶地落稳。眼前是皮制的匡威①,抬头是女生的笑脸,她脸上的表情像在说"还不错嘛",根本看不出有自杀的意思。

听到远处哨子响,还有什么人跑过来的脚步声。想必是身处屋顶花园另一端的保安员回过神儿来了。你说:

"我叫峰岸美丘,文学系二年级。你呢?"

我在二十二楼平台的边缘站起身。感觉没了围栏像要被天空吸进去,我咬牙站稳。

"桥本太一,经济系二年级。你没打算自杀吧?"

你爽快地点点头。因为你站在高出一级的台阶上,很自然地形成我对你的仰视之势。

"那为什么要翻围栏?"

你张开双手,暗黄色的游骑兵夹克衣袖像要抓住云朵似的展开着。

---

①匡威:美国著名帆布鞋品牌,此处指女生脚上的篮球鞋。

"反正就想更靠近蓝天！围栏外面能看到更美的天空。一动这念头,就待不住啦！我本来就喜欢高处嘛！"

你做出一副"就算你们听不懂也无所谓"的表情,在不足五十厘米宽的二十二楼平台的边缘展开双臂抬腿就走。走了几米后,回身对我说:

"桥本君也来？"

我双腿颤抖着爬上高出一级的台阶。遥远的楼下,是精巧如模型般的汽车与建筑,地平线被高楼大厦凿刻成锯齿形。我不看脚下,盯紧你娇小的背影迈步前行,步幅仅有二十厘米。你走到楼角处,滴溜溜转身面向我。

"瞧,只翻过一道围栏,世界就完全变了吧！"

保安员的叫声传了过来。

"那边两个人,别闹！快下来！"

你笑了,转向保安员:

"往哪边下好啊？"

一身藏蓝制服、头戴制服帽的保安员涨红了脸。

"别闹！当然是这边！"

"好吧好吧。"

你像跨越人行横道上的白线似的跳了起来。双臂张开,双膝微曲,浮在了蓝天中。我突然想对世间的一切都付之一笑。展开穿着牛仔夹克的双臂,我也照你的样子跳起来,心想,能跟你一样飘在空中吧！

我们笑着爬过围栏,遭到了保安员一番劈头盖脸的痛斥。当弄清楚你只是恶作剧,并没有自杀企图后,还很年轻的保安员一脸无奈,也没通知负责的教授就放了我们。

## 二

第二次见到你,是同一周的午餐时间。忘了是星期几,不过当时事件的发端我倒是记得清清楚楚。铝制餐盘落地的声响,不可能忘记。

那是个能容纳二百人的学生食堂兼咖啡厅。午餐时间的噪音与涩谷站前十字路口相仿,但摔向地面的餐盘的金属脆响,瞬时让四周鸦雀无声。所有人都扭头朝发出声音的方向望去,就像朝圣的宗教信众。

你独自坐在一张四人座的圆桌旁,面前站着四个抱臂胸前的女生,她们身后还有一个脸涨得通红、快要哭出来的女生。五比一的阵势。

带头的高个子女生叫道:

"你算什么东西?!"

你毫无惧色地舀起一勺意大利蔬菜通心粉汤送向嘴边。烤面条加干酪沙司B套餐里配的汤,是这间学生食堂里少有的勉强超过平均分的菜品。你的爱搭不理似乎使对方更加愤怒。

"干吗?说话啊!勾搭人家男友,你可真不要脸!"

带头的这样一吼,其他的女生也七嘴八舌地对着你骂开了。

平和的食堂像卷过一阵波浪,骚动起来。

"里美可是你朋友啊!干吗抢朋友的男友?"

"难不成你不管是谁,是男人就上?"

有几个男生在吹口哨起哄。

"那好,来来来,反正要干一架,就干到有人服输吧!"

我兴致盎然地从稍远处望着热闹起来的场景,幸灾乐祸地关注着事态发展,很想瞧瞧曾嬉笑着走在二十二楼平台边缘的你将如何化险为夷。

洋次低声说:

"那妞能行?她就是上次翻围栏那位吧?"

我无声地点点头。

邦彦也说:

"当时被保安训斥都面不改色,不过这次更要命!全校知名啦,跟朋友的相好在一起!"

跟我们一起吃午饭的五岛麻理眉头紧锁。一头乌发的麻理无愧"日本长发美女"这称号。平胸粗腿让麻理颇感自卑,可要我说的话,那双腿足够修长也十分性感。

麻理说:

"那大块头不是垒球社团的主将吗?应该就是关东大会的冠军投手,是吧,直美?"

佐佐木直美身材娇小,金色短发,是个爱哭鬼。她似乎受不了这么紧张的场面,看模样马上又要哭出来了。

"我认识那个叫里美的。她男友是法学系三年级的,叫武内。"

邦彦咧嘴一笑问:

"那小子怎样?不错?"

直美将身子蜷缩进坐着极不舒服的食堂座椅里。

"才不是。反正不是我的菜。"

洋次伸长脖子望着纠纷现场说:

"让女生这样争风吃醋,那小子真是走了桃花运!"

一动不动地盯视对方片刻后,你扔下汤勺缓缓起身,仰视着比你高出半个头的带头女。那个投手穿着明知大学的蓝色运动衫,身宽几乎是你的两倍。你语气平静,反而更让食堂中处于兴奋状态的众人听得清清楚楚。

"我想跟那家伙上床,就上了。那家伙也挺乐呵啊!虽说对不住里美,可里美喜欢上那种人自己不也有责任?稍有可乘之机,马上就想跟别的女人在一起!感觉一次就够,功夫实在太差!"

邦彦抬手按住脑门儿,连嚷"坏了坏了"。带头的女生脸色一变,粗壮的大手以迅雷不及掩耳之速扇了过来,手掌掴中你的面颊时,发出什么东西破裂了的声响。

说时迟那时快,你的右手也毫不迟疑地出招了。就像一个技艺高超的鼓手敲打小鼓时发出的爆破音,有节奏地不断响起,你飞身跃起打中投手的腮帮子。

带头女被身后女生们盯着,似乎已骑虎难下,她又抡起右手。你双脚牢牢站稳,承受着粗臂投手的击打。上半身一拧,右手顺势反击,你再次从正面打中对方脸颊。双方各吃两记耳光,带头女和你,脸上都泛起血色。

投手呼哧呼哧地喘着粗气,你却满不在乎。誓死不向敌手示弱,你似乎决心已定。我把眼前桌上自己的B套餐举起到齐眉高度,猛地摔向地面。

食堂里所有人的目光瞬间集中到我身上,跟刚才宣告战斗开始的那声锣响一样。所有人都不情愿地看过来,我在大家的注视之下,慢慢挤过圆桌空隙向你走去。

我在你和五个女生之间站定,满脸堆笑地表示对任何一方都不抱敌意。

"好啦好啦,还不适可而止?满食堂人都在看着,弄得她更没面子了。"

我用眼神示意男友被人抢了的女生,她还在一旁无声垂泪,接着压低声音对以带头女为首的垒球社团成员说:

"这位峰岸美丘同学是个任你说破嘴皮也听不进人话的家伙,当她是外星来的都不为过。到此为止吧,别当是给狗咬了,就当是被外星人绑架了吧。你为朋友出头大家都看到啦,峰岸勾搭朋友的男友所有人也都知道了。"

带头女面色可怖地盯着我。我做好挨一巴掌的准备,不过垒球手套大小的巴掌并没飞过来,因为这时名叫里美的女生哭得更凶了。

本来在带头女的身后待命的女生们移步过去围住里美。女投手鼓着圆圆的腮帮子嚷起来,声音大得像宣告比赛结束的裁判。

"抢人家的男友,真不要脸!你这淫妇!"

这句话让周围像无风的湖面一样恢复了平静,我脑中隐约想起一个继承了JOYTOY之名的女艺人①。我小心翼翼地瞧瞧你,竟看到你一脸倔强的笑容。你似乎在说,不管发生什么,我都笑脸奉陪!就是那种理所应当的笑脸,你的韧劲儿让我略感吃惊。

五人袭击部队躲避着众人的目光,护着哭声越来越大的里美撤出咖啡厅。她们的身影从开着的防火门门口消失后,餐厅内又渐渐恢复了午餐时的嘈杂。

我的声音低得只有你能听见。

"真了不得,峰岸同学!"

你那钢铸般的笑脸依然不改。

"什么啊,桥本君?"

"还问什么,上次差点从屋顶上摔下来,刚才这场面算得上女生最大的噩梦了吧!在这么多人面前。"

你笑得更灿烂了,雀斑随笑容向两边展开。奇怪的是,我竟

---

① 继承了JOYTOY之名的女艺人:指生在中国台湾长在日本的彦垠凌,她19岁时加入JOYTOY团队。JOYTOY的作品因过于强调性感及挑衅而广受关注。

对此赞叹不已。

"我没觉得这点事儿算得上噩梦！"

我不由对你生起气来。

"勾引那个什么里美的男友，真的假的？"

你的半边脸上浮出不怀好意的坏笑，见习魔女的笑脸。

"当然是真的！功夫太差了！感觉那家伙算是最近少有的纯真型，到底是不行啊！"

你挤了一下眼，抬头盯着我。

"果然啊，桥本君也净看情色电影搞研究？"

这次真让我吃惊不小，我打量着你，不禁提高了嗓门儿。

"喂，屋顶一次食堂一次，我两次给你解围，连声谢谢都不说？"

我回过头，洋次一脸担心、邦彦无声偷笑、麻理超然冷静、直美则又像要哭，四人也齐齐地直盯着我。你穿着一套不知哪家的高级品牌运动装，恰好将身体曲线勾勒得一清二楚，胸部尤为挺拔。

"我什么时候求桥本君'你快来救救我'了？你纯粹是多管闲事！没你插手，我照样平安无事，以后也用不着你多嘴多舌！听见了吗，正义之友？"

说完，你在我面前竖起中指。世界通用手势。

麻理的声音从背后传来：

"是吗？可看起来却是被人逼得走投无路了啊。峰岸同学，刚才紧张得要命吧!两腿都直打战。不如在这儿痛痛快快地跟太一君道声谢!"

你看看我,又看看我身后的麻理,像是想到什么损招似的又一脸坏笑。

"说的是!那就感谢一下吧!"

说话间,你张开双臂猛扑过来。双手箍紧我的脖子,上来就要亲嘴。我慌忙扭脸,双唇碰在腮上,吻声销魂。你搂着我的脖子不放,满脸狐媚地转向麻理。

"怎样?这份谢礼,太一君喜欢吧?"

邦彦叫道:

"这种谢法,给我也来一份!"

你笑道:

"下次看心情吧!"

直美开始收拾散落地上的餐盘残渣,抬头说道:

"峰岸同学还没吃午饭吧?不跟我们一起吃?感觉不怎么想在大家面前出食堂呢。"

麻理一副"这算什么事儿啊"的表情,回到吃了一半午饭的餐桌边。

"快放开我!"

我挣脱开你让人颇感意外的纤细手臂,向麻理追去。邦彦和你跟在后面。我能感受到你投射在我后背上的目光,并预感有什么已然开场。非常美好的什么或者非常不幸的什么。

显然,我的想法过于简单。其后发生的并非其中哪一种,而是两种的同时到来。最坏的和最好的。你带给我们这小圈子的是两个极端的冲击,我们都被卷进风暴之中,而你就是名叫美丽山丘的这场风暴本身。

# 三

餐厅大战之后，你成了这所大学里的名人。想要了跟谁都睡，甚至跟朋友的男友偷情，总之臭名远扬。在你去教室的路上，走廊角落里总有人指指点点喊喊喳喳。

"她就是二年级的峰岸美丘！"

"哦，她就是那个淫妇啊！"

一句"那个淫妇"成为你的通用名，走到哪里都无人不知。紧跟这名声之后的，或是冷笑，或是哪个男生的固定台词："来，跟我也玩玩？"

而此时，你总是昂首挺胸，笔直地走在走廊正中央。胸前抱着课本，唇边挂着微笑——无论何时都应笑对自己的命运——美丘独有的微笑。

有一次我问你：

"你怎么会这么强势？"

你使劲儿翘起本来就有些上翘的鼻尖说：

"因为我比别人清醒一点。"

距大学稍有点距离的表参道上有家开放式咖啡馆。进入十二月后，风骤然冷了下来。我们向店家借了毯子搭在膝盖上。

直到现在,我一闭眼,脑海中还能浮现出那蓝白相间的菱形格子图案。

"什么意思?"

"很简单。意思是不要以为人会永远活着,不要虚度今天的时光。"

我手捧海碗大小的杯子喝着牛奶咖啡。为什么法国人会用这么难拿的容器?

"根本做不到。从释迦牟尼时代起人们就都这么说,把今天当作人生的最后一天来生活云云,但实际能做到的人,据我所知,数量为零。"

你抬眼望向叶子落得精光的表参道上的榉树,明亮的茶色眸子里有种让我安静下来的奇异恬淡,像是接收到冬日天空中传来的什么秘密信号,2H 铅笔下描画出的无数枝梢在不断延展,品牌大厦间隙中露出的那一抹冷冷青空更显无限高远。

"能不说这些高深的哲学命题吗?我只是为了活着而活着,根本不像太一君这样为了闷闷不乐地思前想后而活。"你歪着长着雀斑的脸说。

后来我才知道,你的这副表情,正是琢磨出什么馊主意后偷着乐的证据。

"大学女生们为什么要对性这类事叽叽喳喳地吵个不停?我真理解不了。想要的话,自己也要就好了。"

我听后心里很不爽,重新搭了搭毯子。

"欲望没被满足吧？"

你抬起手，压低声音。

"喂，来，过来。"

我向桌前探身，你在我耳边轻声问：

"太一君没有性伴侣？"

环顾四周，谁都想不到我们在聊这些吧。对面桌上，一对外国情侣表情严肃地相互点着头。

"没有啊，有性伴侣的人，少之又少。"

你抿嘴一笑。

"是吗？那你总一个人待着？光看书，那东西就不好用啦！"

"我说你啊……"

突然被人从背后拍了一下肩膀。我慌忙回过头来，心想：你的话没被人听见吧？是洋次跟邦彦这两个家伙，他们身后站着麻理和直美。麻理对我嫣然一笑又礼貌地点点头，真是家教良好。邦彦则一如既往的软派腔调，他就算谈及重大灾害甚至重大事故，听起来也像播报天气预报时那么轻松随意。

"喂，你们俩！偷偷摸摸聊啥呢？"

"谁敢跟这位说什么秘密啊？"

洋次灵机一动，将旁边的桌子拼过来，又对邦彦说：

"搬椅子过来，今天要商量商量聚会的安排。"

说的是。我们这小圈子里，尽管也不乏俊美帅气之人，不知为什么都没有另一半。二十岁了，还都是孤零零地形单影只。

因为都没有约会,大家就决定平安夜聚在一起搞个家庭聚会。

"这么重要的事情,也算我一个!"

你说完,脸上又现出诡异的笑容。我生出一种不祥的预感,但在其他四人面前没作声。你在那场风波后已融入我们,不知不觉间似乎成了我们这小圈子的预备成员。

风暴将至的平安夜。这是你我共度的倒数第二个平安夜。

# 四

身穿花呢夹克的麻理脚尖交叉在一起,上面搭着毯子。麻理个子高,双腿修长,脚蹬最显身量的皮制长靴。

"跟我妈说了,平安夜没问题。难得聚一次,都来我家吧。"

邦彦感慨万分地说:

"可平安夜我们五人占着客厅,会不会给家里添麻烦?"

麻理点点头,黑发上秀美的螺旋发卷随之摇颤。

"不会,聚会不在客厅,另有房间。"

"有钱人就是不一样啊!我家除了客厅,没地方能让六个大人聚会,你们呢?"

邦彦把问题丢给我。我家在东京郊外分块出售的地上建了一座独栋房,正如性手枪①唱到的:"无趣的中等阶层小心要了你的命。"

"我家也没有单独的客房。不过,洋次家就另当别论了。"

洋次家是福岛县世代相传的酒窖主,肯定有相当讲究的客厅吧。洋次一脸无关痛痒的表情:

---

① 性手枪:Sex Pistols,英国最有影响力的朋克摇滚乐队之一,成立于1972年,存在时间极短。后文的《英国无政府主义》等即为该乐队作品。

"算是吧。倒是有个能宴请四十来人的屋子,日式建筑,冬天太冷。打扫卫生也费劲儿,没一丁点儿好处。"

"我也想说什么打扫客厅真麻烦啊!"

直美没理会邦彦,翻开一个小记事本,记事本的皮革封面是漂亮的土耳其石蓝绿色。我们这帮人中,唯有她认真记录每一句话。这位染着一头靓丽金发的秘书长说:

"我说,今年也搞礼物互换吧?去年的上限是五千块①,今年也这样?"

邦彦扬扬手,嘴里嚷嚷着"行啊行啊"。

"今年也这样就行啦!我又没钱。不过,这下好啦!"

我斜了一眼这位言语轻率的朋友,反正他总会说些不知所云的蠢话。

"怎么?"

"这不,你瞧,今年成了三比三,用不着像去年那样一圈圈地转,男生从女生的礼物里挑选就行吧!"

洋次大方得体地附和:

"倒也是,这样一来,今年的礼物就变成专为女生准备了。"

就连总是一脸正经的麻理也说:

"是啊,男女通用的东西,挑选起来也没劲儿。美丘加入,可真是正好。"

---

① 五千块:本文出现的所有货币均指日元。

你的脸上笑开了花。我稍感惊讶,此时此刻的你看起来非常天真可爱。

"那我也可以留在这里啦?感觉好开心!"

我说:

"就连美丘也在意别人背后说不好听的?"

你分明是在强迫自己摆出一副镇定淡然的表情。

"与己无关的人不管说什么,我都不会在意。不过,在大学里能有个去处,感觉倒是不坏。仅此而已。"

麻理微微一笑,看了我一眼,然后将视线缓缓转向你。

"你的强势,我们都清楚。但跟我们在一起,你不需要勉强自己。这里不存在你的敌人。随性就好,无需造作同样出彩。"

不愧为麻理,不但家教良好,还时不时起到核心作用,说出这么有分量的话来。表参道咖啡馆的一角陷入沉寂,我们都默默地向你发出友善的信号。你像是有点吃惊地盯着麻理,片刻后开口道:

"吓着我了。你这么一说,我都要爱上麻理了!"

邦彦打岔道:

"怎么?美丘也喜欢女生?"

你抿嘴一笑,盯着我说:

"爱还分男女吗?对喜欢的人,我才不在乎性别呢!"

"噢——美丘的恋爱宣言啊!厉害!"

直美和洋次盯着你,惊得目瞪口呆。这是喜欢语不惊人死不休的你的一贯作风。你一脸得意,向他俩点点头。我瞥了一眼麻理,她微红着脸移开视线。对一般女生来说,这玩笑像是开过头了。为了换换气氛,我说:

"美丘喜欢谁都没问题,只要别搞突然袭击就行!好了,来说说聚会吧!"

# 五

圣诞节前一天的下午偏巧阴天。傍晚时分,我们各自下课出来,按约定到明知大学校园内的教堂集合。尽管没一个人是基督教徒,不过圣诞节到底还是教堂里的气氛更特别。

经常有要毕业的情侣在这里举办婚礼,教堂应该算我们校园里为数不多的浪漫之地。虽说没有涩谷百货商场那样的过度装潢,但光是祭坛上无数蜡烛的白色火焰,就足以使气氛静穆起来。

照例旷课从咖啡厅直接过去的我最先到达,开始了漫长的等待。听到高跟鞋咯噔咯噔敲打石板地面的声响,第二个来的是麻理。她身穿白色紧身连衣裙套装,鞋子也像没人走过的雪地那么白,一定是新款。麻理见到我后招呼道:

"不知为什么,对今年的聚会很期待呢!"

麻理手里拎着个银色箔纸袋,红色丝带扎紧了袋口。

"这次美丘加入,不知会怎样呢。那是给男生的礼物?"

"嗯,就算不知道转到谁手里,给男生买礼物还是挺有趣,照适合太一君的感觉找的。"

听到大小姐说出这句话,我心里真是乐开了花,虽然身处隆冬天寒地冻,心里却像燃起一团火。

"久等啦!"

邦彦到了,黑色皮夹克配一条鲜红的领带。其他身着聚会盛装的几位成员也陆续赶到。洋次一身深蓝色的天鹅绒套装,肯定是拉尔夫·劳伦①或其他品牌的高档货。直美披着深绿色披肩,像位林中仙子。然后是你,你穿的是黑皮银钉分外扎眼的朋克游骑兵服,裙子是几乎能露出屁股的超短款,彩色方格图案。说来惭愧,不瞒你说,三位女生中最让我心潮澎湃的就是你。

六人全到齐后,一同进入礼拜室。祭坛上烛光摇曳,充斥着古旧的木制家具的气味。远处不知从哪儿传来 J·S·巴赫的圣诞节圣乐的最后乐章。我们并肩站在昏暗的祭坛前,感觉以这种形式向外国神明祈祷也不赖。世间不同宗教的信徒如果都能轻松自由地向对方的神明祈祷,那地球该多平静啊!

你从正要默祷的五人身边走开,不以为然地独自踱向礼拜室一角。我小声问:

"怎么啦?美丘,你不祷告?"

目光注视着昏暗的角落,身穿超短裙的你头也不回地说:

"我什么神也不信。而且这音乐是支德国曲子,全世界我最讨厌德国。美国要是再轰炸,别炸中东,去轰炸德国好了。"

讨厌某个国家到这种程度,在日本人中也算罕见。是什么

---

①拉尔夫·劳伦:服装品牌名。

原因呢？我隐隐生出一丝违和感。邦彦耸耸肩说：

"哇，好可怕！莫非美丘被德国男人甩得很惨？果不其然，因爱生恨最恐怖！"

你哼了一声，大步走出礼拜室，我们也追在后面。离开校园，来到平安夜的街上。虽然每年都在重复这些，一瞬间心里却莫名地激动起来。

我们各自手拎礼物嬉闹着走在青山大道上，不知被谁开的无聊玩笑一逗，连我都傻呵呵地放声大笑起来。这片街区全是漂亮建筑，赤坂御所上空厚厚的云层间开了道缝隙，阳光像是穿过透明窗帘照射下来。

我说：

"国外把那种从云隙间透射出的放射状光束叫雅各布天梯。"

邦彦"哦"了一声，又补上一句：

"太一又显摆没用的小知识啦，用这万事通手法勾搭女生，你不觉得太老爷子气了吗？"

这时候，我注意到你正用严肃得可怕的眼神盯着我。对此我毫无反应地继续说：

"传说，爬上那梯子就能进天堂。"

你在外苑东街路口站住，仰望天空。天边是冬日里稍纵即逝的晚霞，云朵也染上带淡灰的玫瑰色，从云隙中洒落的阳光如

粉红色的香槟般清澈晶莹。见白色套装染成夕阳色,麻理说:

"真美!"

你转向麻理,怒目而视,嘶吼地叫道:

"哪儿美啦?!那只是火烧云罢了!只是日头偏西罢了!我绝对不会去爬那种梯子!不做乖孩子,不去什么天堂!"

洋次吃惊地说:

"怎么啦,美丘?现在咱们谁都不会死嘛!"

我目不转睛地盯着你。只在一瞬间,你刚才的表情一扫而光,脸上空空如也。接着你又硬生生地挤出一个笑脸。

"是啊,快走吧!冰镇葡萄酒正等着我们呢!早想见识见识大小姐家啦!"

我们拐过路口,有丝惴惴不安萦绕心头。身后高空中的雅各布天梯燃烧成了火红色,投落在柏油马路上的光影长长的,竟怪异地呈现出骸骨般的模样。

麻理家是位于西麻布一丁目的一栋独门独院建筑。我生来头一次见到附近有大使馆、旁边是漂亮咖啡馆的民居院落。现代风格的三层楼房,墙面混凝土并不外露,而是粉刷成了奶油色,上面还涂有蓝色丝带似的线条。你望着这幢浅白色调的建筑说:

"这房子是照瑞典国旗式样设计的?"

麻理边打开双门玄关的一扇门边说:

"不是。我妈喜欢那种蓝色,应该没别的意思。"

"哎呀!欢迎欢迎!"

麻理的妈妈迎出白色大理石铺地的玄关,她修长、高挑、漂亮。邦彦马上接话说:

"是麻理的姐姐?真是美女姐妹啊!"

妈妈笑得露出了白色脖颈,麻理也像是很开心地说:

"妈妈跟我穿一样尺码的衣服呢!今天这套衣服也是借妈妈的!"

我们慌慌张张地进入玄关,沿白色螺旋楼梯上了二楼,被领进一个铺有原白色地毯的大房间。屋子中央设有一张现代式样的八人座白木餐桌,桌上已布置停当。贴墙摆放着白色折叠椅,房间一角立着一棵一人多高的白色圣诞树,玻璃纤维缓缓散发出七色光谱。

"真漂亮!"直美将深绿色披肩抱在胸前赞叹道。

邦彦的手伸向放在桌上的冰桶。

"唐培里侬香槟王①粉色香槟!我们凑的会费根本不够这瓶香槟的格啊!"

先在桌边落座的麻理不好意思地说:

"那是人家给的,喝了无妨,妈妈送我们的。"

邦彦叹口气说:

---

① 唐培里侬香槟王:由法国修道士唐·皮耶尔·培里侬于1668年创建的香槟品牌。

"啊啊,我也想生在有钱人家啊!"

直美帮麻理为大家分凯萨沙拉,洋次以娴熟的手法无声地开了香槟,邦彦和我在切分烤鸡,你则无所事事地坐在一旁,似乎很幸福地观赏着我们团队的协作。被注入香槟杯的粉色液体噗嗤噗嗤地冒出气泡,温暖的房间使杯壁挂上了薄霜。

用餐准备结束后,我们站起身准备干杯。

麻理说:

"太一君,说点祝酒词。咱这些人里你最能说会道。"

"能说会道就是不正经的意思,不是吗!"

邦彦又吐出他得意的横滨腔。

我站在桌旁,边想边说:

"一年过去,交上了新朋友。美丘同学,虽说与众不同……"

我在这里顿住,看着你。你脸上现出充满邪恶的笑容。

"……怎么说,似乎算不上是坏女孩。愿诸位在剩下的两年半里,大学生活更加充实,留下更多美好回忆!圣诞快乐,干杯!"

盛有香槟的薄薄的玻璃杯相互碰撞的声响宛如宝石相碰一般,非常悦耳。我们尽情欢笑尽情吃喝,尽管世界上的某个角落也许正有悲剧发生,至少这白色房间里的一切相当完美。

只不过,无论多完美的时光都不可能永远持续下去。岂止如此,这份完美甚至连一夜都坚持不到。在与你共度的第一个平安夜里,麻烦从互换礼物开始了。

干杯后过了约摸一小时,直美看看手表说:"差不多该互换礼物了吧?"

"是啊,说的是啊!"

因喝不惯香槟而面红耳赤的邦彦叫嚷起来。

"抽中我的礼物的家伙可算撞大运了!绝对绝对性感!"

麻理和直美皱皱眉对视一眼。已呈醉态的你叫道:

"是——嘛!我就想要性感的!"

红白各三条丝带已经准备好。直美说:

"男生从白色中选喜欢的,女生选红的。来,先选白的。"

我看了看平展在桌子上的三根白丝带。带子头端消失在桌子底下,分别连着三份礼物。第一个由我选,其次是邦彦,洋次最后。这种小刺激对调节聚会气氛很关键。

"来,轮到女生了。"洋次柔声细气地说。

按直美、麻理、你的顺序依次抽走了红带子。邦彦迫不及待地说:

"要按选丝带的顺序打开礼物!太一先开!"

我解开选中的黑色天鹅绒小包,取出一条银质骷髅项链,里面还折着一张小纸片,展开读到:

"这个归谁?项链和'为你做任何事情'券。"

你忍着你那一贯的坏笑说:

"这是我的!项链是在表参道地摊上从一个以色列男孩手

里买的！是不是超酷？"

骷髅的眼和嘴乌黑锃亮闪闪发光。邦彦一把夺去我手里的手写字条问：

"这个'为你做任何事情'是什么意思？"

你泰然自若地回答：

"就是字面意思啊，有想要我做的事的话，就可以用这张'为你做任何事情'的券！"

"我想要这张券！"

大家一阵爆笑，接着进行下一个。邦彦打开的是直美的礼物。明知大学的吉祥物，手编鹈鸰公仔。洋次拆开的银箔袋当然就是麻理的了，他把蓝色山羊绒围巾围上脖子说：

"Thank you！太喜欢这礼物啦！"

我将骷髅项链挂在脖子上的窄领带上面。忘了交代，我穿的是套非常紧身的黑色两扣西装，算是极少穿出门的正装。看着洋次的围巾，暗忖麻理所言照我的感觉挑选的应该就是这样的了。顺便说一句，这种昂贵的开司米，我一件也没有。

接下来轮到女生打开礼物了。直美是第一个，刚开包就尖叫一声。

"哎呀！这是什么呀？！这不根本没法给大家看嘛！"

已经醉醺醺的邦彦色眯眯地说：

"用不着给大家看不是嘛！穿上它只给我一个人看就好啦！"

"能不开玩笑吗?"

直美在白色桌布上摊开的是件女士黑色蕾丝短内裤,上面密密麻麻地排列着红色的小玫瑰花,从腰际线直排列到裆部。款式的确相当性感。你说:

"真不错!跟我今晚的行头最般配!"

应该说跟游骑兵黑皮衣加红格超短裙确实挺搭。我本想想象一下你穿上这内裤的模样,又慌忙打消了念头。随后开包的是麻理,礼物是两张 CD,这是我准备的。麻理满脸的不知所措,将目光投在首次谋面的 CD 套封上。你抢先说:

"啊!碰撞乐队①的《London Calling》和性手枪的《别忌讳这玩意,这是性手枪!!》,口味相当不错嘛!"

两张都是近三十年前的朋克摇滚的 CD,这就是我的口味。

"朋克虽然挺吵,但这两个都很喜欢。"

麻理将黄色的性手枪 CD 抱在白夹克胸前,美滋滋地说:

"谢谢,今晚就听听。"

在神圣的平安夜听"英国无政府主义"?

我对麻理说:

"今晚就算了吧,精神紧张的时候听听最好。"

你咔咔地笑起来。

---

① 碰撞乐队:The Clash,前朋克时期具有开创意义的英国乐队,也是这一时期在商业运作上最为成功的朋克乐队,活跃于 1976 年至 1986 年。后文的《London Calling》是确立其在朋克摇滚团体中经典地位的专辑,1979 年发行。

"蕾丝内裤和朋克CD看来都挺适合我,这最后的礼物嘛——"

说着,你唰啦唰啦地撕开金色包装纸,拿出来的是一本书和一张DVD。

洋次温文尔雅地说:

"好久没被感动过了,DVD是根据原作拍的电影。"

这是一对高中生恋人的故事。少女患不治之症孤零零死去了,活着的少年成了讲述者。你将书与DVD扔在桌子上。

"这算什么呀?!我最讨厌让人动情赚眼泪的故事了!反正横竖要死,砰砰地上床干个够再死多痛快!"

邦彦插进来打圆场:

"喂喂,挺好不是嘛!这电影在全日本都轰动一时呢!"

你似乎动了真气,一口气喝干杯子里的香槟说:

"就算一亿人都看了,我也绝对不看!生病死人什么的,真晦气烦死啦!我说直美,把那内裤跟我换换!"

你将书和DVD推向直美,一把抓起黑蕾丝,拉开游骑兵胸前的拉链,像在往西装胸袋里插装饰手帕似的塞内衣。

"这个要好得多!"

麻理看了一眼大惊失色的洋次开口道:

"洋次君选礼物并不是这意思,你这样说可不对,美丘同学!"

一会儿说讨厌德国,一会儿又说反感电影,到底有怎样的隐情啊!"

你像枚发现了目标的巡航导弹,将视线从洋次转向麻理。

"不对?不像样的东西就是不像样!我身边可不想放那种破玩意儿!"

脖子上缠着蓝围巾的洋次几乎在椅子上缩成了一团。

直美说:

"麻理说得不错呀!美丘同学该向洋次道歉!今后不是想一直跟我们在一起吗?"

你腾地站起身,叉开双脚厉声尖叫:

"谁说的'加入我们吧'?这圣诞过的,开什么玩笑!什么耶稣基督的生日嘛!"

你醉了,而且怒气似乎发自心底。当然,在场的每个人都不清楚你暴怒的原因。你离开桌子,跑向银白辉映的白色圣诞树旁。

"这算什么东西!"

你右拳紧握狠狠地捶打银色的星星,接着脚下站稳猛地来了一记右转旋风腿,一人多高的圣诞树应声齐根倒下。

"活该!"

你扫视着鸦雀无声的房间,所有人都像看外国人似的盯着你。你一言不发地冲出房间。客房门一开,麻理妈妈正端着浅盘站在那儿。

"多谢款待!"

你怒容满面地说了一句,脚步声在走廊上渐渐远去,接着又跑下楼梯。这就是第一个平安夜所发生的一切,怒踢圣诞树事件就此成为我们这小圈子里历史性谈资的章节之一。

# 六

涩谷还是那个涩谷,到底因新年已至,气氛明显有些不同以往。是因为空气清澈的原因,还是因为灰尘污物一扫而空?我想起雨停后透明得出奇的天空,它深远得令人心悸,感觉即便是相距甚远的东西,似乎也能触手可及。

当然,这只是观者天马行空的任意遐想。新年期间的涩谷,人流是平时的两倍还多,拥挤程度与高峰时段的银座线站台无异。毕竟,百货商场、女装商店的冬季大甩卖都在此时开始,借长假之机远道而来的游客也增加不少。大家为什么都赶在假日来涩谷,这对我来说是个难解之谜。

元旦几天后,我们六人说好在涩谷开新年会。大家都有空,尽管每人都装出日程很满的样子,不过提及新年会时,倒没人反对。都到大二了,还没个恋人也真可悲。好在跟那些女性杂志看得太多、认定任何时候都应在恋爱中才不失身份的女生相比,算是好多了。

我们约定下午两点在公园街拐角的丸井城入口处集合。那里有屋顶有广场,还有能安坐等人的长台阶,是我喜欢的观察人流的最佳地点。我以为谁都会这样,总之寻觅经过这里的最可爱的女生及最帅气的男生是我最大的乐趣,不过我从来没搭讪过他们。

那天没见到什么值得一提的美女,相当引人注目的倒有一位。此人头发染成了紫粉色,身上的毛线衫也是极其耀眼的粉色。毛线衫款式并不差,遗憾的是超出了我可接受的范围,更何况她足有七十多岁了。一身粉色衣装的老婆婆站在十字路口的一角,仰脸朝坡道上方张望。

我刚在石板台阶上坐定,洋次和邦彦就到了,他们正翻着一本男性杂志,这个怎样那个怎样地在里面指指点点。我没动弹,招呼他们:

"准备去抢购?"

邦彦从品牌店大甩卖时间表上抬起眼。

"算是吧!一天对付三个妞吃不太消,去扫便宜货嘛,连串十来家店都不在话下!"

洋次轻言慢语地说:

"是啊,论购物,邦彦跟女生没什么两样啊。"

"完全一样倒不至于,类似吧!买东西货比三家的时候最来劲儿,实际做决定的时候却很伤神,还要花钱不是嘛!而且……"

这时你从个子高高的洋次背后探出头来,打断邦彦的自吹自擂:

"好啦!要是给自己买,早就没这热心了。邦彦玩一次就知道,女人不就是那么回事?要是邦彦在床上再跟个小孩子似的,马上就让人腻歪啦!"

邦彦将你的脑袋夹在腋下,来了一招"锁头术"。

"谁在床上跟小孩一样!美丘,小心我硬上你一次!"

你一边用黑色工程靴踢邦彦的屁股一边叫:

"床上功夫差就是差嘛!我一看便知!"

"你们俩别折腾啦!"麻理走过来静静地说。

仅一句话,吵闹即刻平息,可见气场的力量何等可怕!修长高挑的大小姐身旁,站着身材娇小动作如松鼠般敏捷的直美,她一脸不可思议。

"哎,美丘,真的一看便知?"

你整理着乱蓬蓬的头发,依次扫视三个男生。我们赶紧端正坐姿站姿,装得一本正经。你一抿嘴又现出那丝邪恶的笑容。

"嗯,功夫最差的可不就是邦彦嘛!"

邦彦对着什么也没有的石板地面飞起一脚。

"凭什么是我?等着瞧我这魔指的厉害!"

大家都冲着对你竖起中指的邦彦大笑起来。

"那玩意儿根本不行啊!我喜欢好色的,不喜欢下流的。你自信过剩,根本不在乎对方在床上的感受不是?!你知道?女生那种时候都会发出很多信号的!"

大小姐面色一变,直盯着我们这小圈子的新成员,脸上表情像在说,说得相当不错嘛!直美摸出小记事本,摆出要做记录的架势。

"那剩下两位呢?"

你在拥挤混乱的时尚大厦入口前轮番打量着我和洋次。

"这两位类型相近很难讲啊!不过,要我看的话,还是太一君更厉害。"

我仍坐在台阶中间没动,是不是该堂而皇之地表现出得意欢喜是个很微妙的问题。

邦彦摸着头问:

"凭什么书呆子太一最厉害啊?而且,对我直呼大名,对太一还加个'君'字不是嘛!"

"没本事的少废话!要我说,洋次君只因对方是女性就可能放不开手脚,温情过头,跟邦彦正相反。这方面,太一君应该最会掌握分寸,还可能做出些出人意料的什么来。以我的经验来看,脑瓜灵活、好挖苦人、感觉敏锐的人大多都厉害。就算差点,这类人一学就会,马上就能厉害起来,对吧?"

你说着冲我点点头。我对自己的床上功夫并没什么自信。机会不足,经验缺乏。感觉除一部分特别会玩的学生外,大多如此。麻理做最后总结似的发言道:

"刚才美丘的意见很有参考价值!现在暂时解散,两小时后再集合,没问题吧?"

邦彦看看手表。

"我今天想多转几个地方,两个半小时可以吗?"

大家一致同意。我不逛商场,只去书店和 CD 店转转,时间怎么定都不影响。

"那四点半再在这里集合,走吧!"

麻理居中,你和直美分立左右,三人并肩走开了。

尽管类型不同,三人在一起还是相当吸引眼球的。周围男人们的视线很自然地聚焦过来,当然大多数目光不是朝向你,而是集中在公主殿下麻理身上。我问洋次:

"你怎么安排?"

"昨天定了计划,跟邦彦一起去涩谷扫货,早等不及啦!"

两人快步走开了,我留在原地,打算再看一会儿书。虽说是冬季,东京的天空温润晴朗暖暖和和。好久没有品尝人群包围下独处的奢侈味道了,它是都市里一种相当火辣的味道。

与家人一起过新年,心情倒是不错,但马上就会腻烦。像这样见见朋友后再独处,感觉就像慢慢找回了本来的自己。如果说成人与孩子之间悬挂着一架高空秋千,那二十岁就是荡秋千时期。反正都要荡了,我就想尽可能轻快地荡过去。

想来也是,完全可以直接在傍晚才开始的新年会会场碰头嘛!提前几个小时集合,不就是希望哪怕早一刻也好,从养育自己的家庭这个重力圈里挣脱出来?

虽说在家不如在外,朋友胜似家人,但是真要成家立业,对我们来说,也不是一朝一夕可以做到的。

# 七

　　冬日的夕阳落得早。四点半,涩谷上空已完全暗下来,像块蓝玻璃似的晶莹透亮。本来在高楼林立的街道上,天空也只不过奶酪片的厚度,夕阳就更难得一见了。

　　距约定时间还有十分钟,我回到刚才碰头的地方——公园街缓坡拐角的广场。麻理比我先到了。色泽明快的蓝外套上配有蓬松柔软的白色长毛领,像要把尖下巴埋进纯白的云中似的,麻理将购物袋放在脚边。

　　"一个人在这里不会被人搭讪吗?"

　　麻理看到我,表情刷地一变,笑脸相迎。在无表情的透明面容上瞬间发生的变化,仿佛向热水里滴进了一滴墨水。这样说真对不住你,麻理是大美女嘛,相当有看头。

　　"以为你们三人早回来了呢!太好啦,太一君最先回来。"

　　大小姐说着递过来一个光闪闪的黑色纸袋。这大大出乎我的意料,忙问:

　　"这是什么?这次不互换礼物吧?"

　　麻理有些不好意思地说:

　　"是啊,偶然看到的,感觉跟太一君挺配,又赶上促销半价,就觉得不错……"

麻理手擎纸袋目不转睛地注视着我,眼神郑重又有些哀怨。男人也一样长着眼睛,为什么女生的睫毛会这么长?我胡思乱想着,神情恍惚地接过纸袋。

"谢谢!那什么时候我找点适合麻理的礼物做还礼。"

她慌忙摇头。

"不用了,不用了!这是我自作主张买的嘛!"

我掂了掂购物袋,不重。撕开薄纸,取出里面的东西,是条深蓝色的围巾。两端是整幅的英国国旗刺绣图案,上面别着大大的银别针。

"太一君的圣诞礼物不是朋克的CD嘛!所以我想太一君会不会喜欢这个。我觉得,咱这小圈子到底还得靠太一君做主心骨。就算别人都慌了神儿,也总得有一个人头脑冷静吧。今年也请多关照大家。"

猛地被年级里为数不多的美人这么一夸,我不禁飘飘然起来,赶紧将围巾围到脖子上。

"很合适吧?"

我红着脸刚要应声,见麻理脸色一变,纯情少女退场,又变回冰雪公主。这时你拍着我的肩膀说:

"气氛不错嘛!床技高手太一君!可别惹女生哭鼻子哟,麻理也是我喜欢的嘛!"

麻理冲你淡淡一笑,那冷冷的笑容里不含任何感情。女人真可怕。

"谢谢。不过没什么不错的气氛,就是聊聊而已。"

你翻弄着围巾的一端说:

"不过,那些 CD 品味很高嘛!我也最喜欢英国朋克,不光性手枪和碰撞乐队,对 the Stranglers[①]、the Damned[②]、Killing Joke[③]、Buzzcocks[④] 都有兴趣。"

你说的都是二十多年前鼎盛一时的英国朋克乐队,这些朋克全盛期的低科技吉他乐队最近已完全没了市场。没技术也不稳定,是只靠热情与精神获得满分的乐队。你两眼放光。

"我也喜欢那种狂野奔放激情无限地活在当下的感觉,最近的流行歌曲净是唱给十来岁孩子听的,完全提不起兴趣!"

麻理用似乎略带同情的表情看着你,你则一脸天真地继续说:

"要是麻理也喜欢朋克的话,下次去听演唱会吧,三人一起!"

公主摇摇头说:

"说实话,我不太了解朋克。"

你不无遗憾地说:

---

[①] the Stranglers:成立于 1974 年的一支英国乐队,拥有多首知名单曲。
[②] the Damned:成立于 1976 年的一支英国四人组合朋克乐队。
[③] Killing Joke:成立于 1978 年的一支典型的英国后朋克乐队。后文的《Primitive》即为其作品之一。
[④] Buzzcocks:成立于 1975 年的一支英国朋克摇滚乐队,中译名"嗡嗡鸡"。

"是吗？真可惜，以麻理的体型，绝对是完美的朋克范儿，那么一来，在整个大学里都是最最扎眼的了。"

现在听来，正因为没恶意，才更加显出你的残酷。

麻理微笑着对你说：

"那种范儿就拜托给太一君和美丘了。"

麻理藏在了冷笑后面，这下可好，谁都读不懂她的心了。冰雪公主很孤独。不消片刻，其他三人也回来了，各自怀抱战利品。其中洋次买的东西多到双肩几乎挂不过来。邦彦无可奈何地说：

"这家伙不知选哪个好的时候竟然两个都买下！换成我的话，就以后再考虑，到底是有钱啊，人跟人真是不一样！"

洋次放下四个尺寸最大的购物袋说：

"啊，带子都勒进肩膀了。可要是今天不买的话，下次去的时候不会没了吗？难得碰见好东西，机会只有一次嘛！"

直美则怀抱小纸袋，一脸心满意足。

"该走了！这个时间店里人开始多了。"

我们拖拖拉拉地正要动身，你像是发现了什么情况。

"那边穿粉色衣服的婆婆是不是一直都在？"

我向十字路口拐角望去，刚才那位老妇正蜷缩着身子倚靠在信号灯下的护栏上。

邦彦说：

"可真是个花哨的婆婆啊！是不是有约会？"

缩肩躬背东张西望，看似心神不定却不跟任何人搭话，大体是这感觉。七十多岁了,看起来却像个迷路的孩子。

我说:

"她两个半小时以前就站在十字路口那儿了。"

你眉头紧皱快步走向粉色毛线衫。

麻理说:

"要干吗?快走吧!店里很快就没座了。"

那家店是涩谷少有的"文字烧①"店。价格低分量足,一开店马上就学生爆满。

"稍等,我去跟那婆婆说句话。"

我们面面相觑,只把你留这里,新年会也开不成啊。

"我去看看。"

说完,我向人潮中你时隐时现的小小背影追去。

---

① 文字烧:一种将菜和面搅拌后烧烤吃的日本小吃。

## 八

你对紧抱交通标志杆不放的老妇说：

"请问，您怎么啦？您好像老早就在这儿了？"

老妇回头看着我们的眼神让我的心一揪，她泪汪汪地，像是马上要哭出来，神情惴惴不安，身子颤颤巍巍。我和颜悦色地问：

"您在这儿等人吗？"

一身粉装的老妇脸上现出什么人也没等的表情，眼睛因恐惧不安瞪得像玻璃球一样晶莹透亮。

"没有没有，我只是在这散步。常走的路嘛，不碍事，就是有点迷路了。"

想拉起她戴着手套的手，老妇颤抖着低下头。

"没什么没什么，真不碍事。"

看情况很不正常，肯定是有什么问题。我用更轻柔的声音问：

"附近有巡警岗亭，一起去吧？"

"不去岗亭！巡警太吓人。"

我看看你，你目不转睛地盯着身穿粉色毛线衫颤抖不停的老妇。那是深深同情的目光，像是在盯着自己的同类。我第一次见你流露出这种眼神,这让我略感惊奇。拿你讨厌的圣诞节打比方,那是将幼子耶稣抱于胸前的玛利亚的眼神。你弯下腰,从下向上像要看穿她似的仰视着老妇,慢声细气地说:

"别怕,我不会伤害您,他也一样。您就是散步的时候迷路了是吗?那就赶紧回家吧。"

老妇抬起染成靓丽紫粉色的头看着你:

"这——这是哪里啊⋯⋯"

你极有耐心,跟平时简直判若两人。你轻轻地握住老妇的手。

"别担心,不清楚这是哪儿也一样能平安回家。记不住涩谷的路算不了什么。"

这时,另外四人走过来。

邦彦没轻没重地说:

"喂!非排队不可啦!赶紧走啊!总会有办法吧!婆婆身上也带着钱吧!"

你抬起头,恶狠狠地瞪了邦彦一眼。

"太一君,来!"

我们六人从老妇身边稍稍走开,脑袋凑在一起。

你低声说:

"她像是有点痴呆,散步路上不知道自己在哪儿了,现在好像慌了神儿。我无论如何都放心不下,一定要把她送回家。大家先去店里,我晚点一定去。"

直美睁圆双眼盯着你。

"感觉不像是平常的美丘了。"

埋在成堆的购物袋里的洋次也是一脸的莫名其妙。

"真的哎！美丘是奶奶带大的？"

"胡说！可不能就这么置之不理吧？有关阿尔茨海默症,我做过一点研究,说是会突然忘记自己的家和地址什么的,还不愿承认自己忘掉了要紧的事情,也不会向任何人求助。眼下,那位婆婆就像一个人到了异国他乡,所以我得帮她！"

麻理冲你我都点点头,语气威严地说：

"太一君,你跟美丘一起去,帮助那位婆婆比新年会重要,这种时候你最有头脑。"

其实就算麻理不说,我也打算跟你一起去。看到那双冷飕飕布满恐惧的泪眼,任何人都不会袖手旁观吧。冬日的下午,在涩谷足足站了三个小时,这真是最恶毒的惩罚游戏。你照例露出那邪恶的笑脸,对麻理说：

"放心,今天不会领太一君去道玄坂情人旅馆,回头见！"

我和你对视一眼,回到勉强站立着的老妇身边。

"累了吧,先在这儿蹲一会儿。"

你说着,自己先就地蹲了下去。这里是涩谷繁华街区的十字路口,周围来往的人群像被岩石分割开来的水流一样躲避着你。老妇也马上抱着标志杆坐下来,我也坐在你身边。

"您什么时候到这里来的？"

粉衣婆婆理所当然地说：

"大概是过了中午，今天天气好。"

果然如此。对她来说，自己依然是在散步途中。我们不仅要送她回家，还得维护她的尊严。你制定了一个完美的援助计划。

"说的是啊，今天真暖和。我们这就要搭出租车回家了，可以的话，一起坐一段路吧？我见过婆婆，您一定是住在附近！"

然后你向我使个眼色，我使出浑身解数应和道：

"肯定是这样！穿这么漂亮的粉色毛线衫，见一次就忘不了嘛！"

"是吗？"

老妇苍白的脸颊上，恢复了一点血色。

"一起去倒是可以，婆婆家旁边没有什么记号吗？你看，可以告诉出租车司机嘛。"

老妇皱起眉。

我安慰她说：

"慢慢想就好。我们一点也不急。"

她却说出一段毫无关联的话来：

"年轻人真好！你们俩是对恋人吧？真般配！我刚结婚那会儿，也是每天快快乐乐的。"

我暗想，这算什么呀！十字路口拐角处，每次信号灯一亮，数百人在此等候。就在人群正中央,我跟一个连自己是谁、身在何处都搞不清楚的老妇坐在地上东拉西扯。冬日的天空已完全失去光亮,街灯与高楼大厦上洒落下来的光线把人行道照得亮如白昼。这真是个奇异得毫无现实感的场景。我焦躁起来,而你在我身边慢条斯理地和着老妇的节奏聊个没完:

"跟男人正经交往起来可真不容易啊!"

"这小伙子知道疼人吧?你可真找对人了啊!"

你瞧着我笑了。尽管脸上的表情看似毫无兴趣,但要表达的心情却掩饰不住吧!我一定是个知道疼人的人,比自己知道的还会疼人。这一点,美丘你应该也一样。

"您一直住在现在的家里吗?散散步就能走过来的话,离这儿大概不远。您不和您丈夫在自家附近一起走走吗?"

老妇像是独自沉浸在回忆之中,她闭目微笑了一会儿,脸上猛地放出光彩。

"想起来啦!经常跟他一起散步。在代代木公园里慢慢转悠,回来路上在福泉寺供上香钱再回家。"

"您这约会路线可真浪漫!"

说着,你仰起脸冲我使劲儿点头。我站起身,你眼睛放光。

"知道福泉寺?"

"知道。代代木八幡站旁边。"

我们在十字路口拐角乘上出租车。尽管松内的交通还很拥堵，但从涩谷到代代木八幡也就不足千元的距离。我们让老妇坐在出租车后排座的中间，继续着新婚时代的话题。

"以前这一带根本没有高楼大厦，街道铺装得这么漂亮也就是昨天的事儿。虽说我跟我家先生是相亲认识的，可我真是幸运。"

你像是没听明白，问老妇：

"为什么幸运？不愿意去相亲的话，推掉不就行了？"

霓虹灯的光亮斜斜地照在出租车内狭窄的座位上。老妇的表情像徜徉在梦中。

"那年头的相亲，没什么特殊原因是不能推托的。我找对了人，真好，结婚后才开始正经谈恋爱的。"

老妇坐正身子面向你，严肃地说道：

"教你一招。要是你觉得这人真的不错，那就绝对不能放他跑掉！这样的人一辈子里不可能遇见好几次的。我说的你记住了？你放走了他可不成！"

代代木八幡站已近在咫尺。老妇像要从座位上探身出去似的盯着窗外的景物，外面是不知哪家小酒馆的大红灯笼。一看到它，老妇当即叫起来。

"这儿这儿！在这儿停车！"

我偷瞧了一眼她的脸色。可能因为彻底放下心来，她眼角皱纹上已粘满泪水。让司机稍等，我们三个人下了车。老妇向我们连连鞠躬。

"进这拐角就是我家了。什么时候来附近，请来家里坐坐。

今天太谢谢啦!交上年轻朋友,真开心。"

她说着,手伸进毛线衫口袋。

"这是送你们的礼物。"

你接过一团白色的东西。

"那谢谢啦!"

老妇逃离似的消失在昏暗的小巷尽头,鲜艳的粉色背影像是因为兴奋而轻快了许多。

"太好啦!"

见你眼泪汪汪的,我暗吃一惊。你打开纸包,笑了起来。

"一人一半?太一君要哪半?"

那是块干巴巴的鲷鱼烧,你把它扯成两半。

"尾巴那半就行。"

"我也觉得你会这么选。跟麻理说的一样,太一君很有前途啊!虽说现在床上功夫肯定还不太强。"

我笑笑没作声。鲷鱼烧上残留着那位婆婆的体温,还热乎乎的,当然不可能有多么好吃。不过这味道让人难以忘怀。我们两口吃完鲷鱼烧,又坐上出租车直奔大家正在等着的小店。

此时此刻,你我都不相信这位穿粉色毛线衫的婆婆是位预言家。一闪而过的新年街灯,让人的心情更加兴奋。

人心是怎样被联结起来的?这在已失去你的今天,于我而言还完全是个谜。

## 九

二月，东京的冬天冷到了底。

人也好物也罢，都像冻住了一样动弹不得，天空不痛快地阴着脸，如同削下的冰块般明晃晃地耀眼。记得在哪本书上写过，在极度寒冷的北欧，恋人们高潮过后会久久拥抱在一起。相反，位于赤道地带的则会立马推开对方大汗淋漓的身体。结论是恋爱的热量也受气候左右。人是动物。

听完这番话，你笑着说：

"那我明显是北欧派！性自由万岁这种感觉的。"

一脸稚气的你，为什么总爱说些露骨的黄段子？这时，你对我来说还是个未知生物，也没遇见过其他像你这样的女生。只是觉得很不可思议。

"跟一身大汗的男人一直贴在一起？"

你像个少年似的嘿嘿嘿笑起来。

"出点汗的话我就给舔干净。不过，脏兮兮的男人不如可爱的女生更好玩。"

我回头向通往校门的林荫道后面瞥了一眼。麻理肯定听到这段对话了，但冰雪公主脸上的表情没有丝毫变化。松散的螺旋卷发配上雪白的兔毛长外套,公主的衣着打扮没有半点瑕疵。可能注意到了我的眼神,你看看麻理,向上翻翻眼珠。

"换成是麻理的话,今晚就行!"

然后像是极为不屑地瞟了我一眼。

"甩了这光知道啃书本的毛头小子,下次跟我约个会吧!"

麻理平静地眯起眼睛,笑容在脸上,眼睛却没笑,女人真可怕。

"恕难从命。做朋友可以,恋人就免了。我还是喜欢男人,美丘净唠叨这些,会出问题的哟!"

麻理用胜你一筹的目光得意地示意砖砌门柱那边,像在说"快看"。冬天干枯的银杏树上,只剩下稀稀落落几片干巴巴的黄色树叶。冷冷清清的林荫道尽头,是车辆来往如梭的全新的青山大道。一个女生孤零零地站在那里,好像倚靠在门柱上。近几天,这奇怪的女生一直尾随着我们的小圈子。你睁圆双眼。

"呜哇!又来了!这不成了跟踪狂?我说,咱们三个不走校门翻围栏出去行不?"

我和麻理对视一眼。唉,谁能翻过三米高的铸铁围栏啊?

"与其逃避,倒不如彻底问个清楚!虽说还不知道有什么事,那人看面相挺正经嘛!"

她并没朝我们这边张望,而是盯着自己的脚尖。长款开衫配一条耷拉到膝盖的同为深绿色的针织围巾。裤口收紧,脚上是尖头浅口鞋。属里原宿①系着装风格。

你瞄我一眼说：

"少安毋躁，我跟她聊聊。"

你像要上战场似的跨步向前，脚下靴子跺得山响。你穿的是长筒式样的黑色工程靴，鞋跟上没有鞋底钉。麻理不无赞赏地说：

"这个美丘，感觉真是恨不起来啊！百看不厌。"

"的确是。"

麻理害羞地说：

"我要是也能那么大胆地聊男人跟床上的事该多好。"

"需要的话，我随时奉陪。"

麻理伸直手掌在面前使劲儿摇摆。

"不必了太一君，这些话不说也好。"

我触到新年时麻理送我的英国国旗围巾的一端，大别针并非电镀而是纯银的。大小姐选的东西再怎么朋克品味也都是高档货，一定得找机会还这份情。我估算着打工收入，长叹一声向校门走去。

里原宿系女孩身高跟你相差无几，也是相当娇小，不胖，跟像一般女孩一样肉墩墩的你（美丘，这样说你能接受吧？）站在

---

① 里原宿：日本东京涩谷区神宫前到同区的千驮谷一带多间服饰商店的总称。

一起,苗条纤细得扎眼。

从你们站着说话的地方经过时,听到她说:

"可作为我,想对美丘再多些了解……"

你的视线朝我们这边一闪而过。

"知道了。聊聊天没问题,可我也跟朋友们一起啊,你这种等在回家路上、跟在后面的做法能赶紧打住吗?"

二月的冬空下,像浇下一瓢冰水似的声音。我在想,女性对自己不喜欢的人为什么会如此冷若冰霜?这仿佛用剃刀一刀两断般的态度,对我来说永远是个谜。

她点点头。

你看都不看地接着说:

"那就这么定了,再见!"

你折返回来,我们三人沿青山大道向表参道走去。我仍很在意背后的情况。那女生远远地跟在后面。

"她没事了?"

你满不在乎地说:

"没办法嘛!管她呢,天真冷,快去咖啡馆,想喝热可可啦。"

跟伙伴们经常约见的咖啡馆在表参道十字路口附近。快步如飞地走过第二个信号灯时,我回头张望,女生的身影已从白色的人行道上消失了,宛如东京的微雪,缓缓地从空中飘摇而下,触到人行道石板的瞬间便棱角团缩化为透明。

感觉那女生像个幻影。

# 十

"喂,等等嘛!那位可爱的小女生今天怎么啦?"

好色的邦彦眼睛下方已微微泛红了。桌上摆放着最近在我们这小圈子里颇为流行的爱尔兰咖啡,这是在热咖啡里滴入爱尔兰威士忌调制而成的。最适合暖和身子,但同时酒精在体内的循环也加快了。咖啡馆虽在楼内,却是木屋装潢式样。

你面无表情地说:

"回去了。"

"为什么呀?!真可惜,我明明教她男人的好处了嘛!"

你像是要向一旁吐出什么东西似的说:

"就因为有你这种人在,千惠美才变成那样!"

"什么意思?"

麻理加入你们俩的对话。对醉醺醺的邦彦,你肯定什么也不愿意说吧。你吸了一口浮着泡沫奶油的可可说:

"千惠美曾交过一个男友,那家伙真差劲儿!"

公子哥洋次不慌不忙地问:

"差劲儿是怎么回事?"

"打人呗!"

直美"啊"地尖叫了一声。我注视着你,你一贯明亮的眸子黯淡下来。邦彦似乎醉了。

"我可不打女人哟!"

"可你忙不迭地教她男人的好处不是?!这不算性骚扰?!"

冰雪公主异常冷静。

"先不管邦彦君。千惠美的男朋友都干什么了?"

你耸耸肩说:

"一吵架就拳打脚踢,不光这样,上床的时候也常动粗。"

"真过分……"

直美瘪起脸,又像要哭出来。

你说得更干脆了:

"不过啊,千惠美家里父母的情况也一样。千惠美的妈妈也有同样的遭遇。"

典型的家庭暴力。但引入DV①这个术语前,日本国内并不存在家庭暴力这种说法,只当作稍稍野蛮的夫妻吵架。

麻理平静地问:

"然后呢?千惠美怎么打算?"

"一直没什么打算,而且还以为男女之间就该那样!跟自己父母一样嘛!"

"真差劲儿!"

---

① DV:Domestic Violence 的缩写,即家暴。

公子哥感叹的时候举止同样优雅。

邦彦脸红脖子粗地说：

"那小子在哪儿?!现在就一起去揍他!"

"你歇着吧!美丘,你怎么知道这些的?"

"嗯——过完寒假千惠美返校时,我看见她脖子上有块紫斑。一问,她说前一晚亲热的时候被打出来的。"

围坐在不知几百年树龄的大树切割成的不规则圆桌旁,我们六人都陷入沉默。时尚的大学生活、一直遭受男友暴力威胁的里原宿系女生,两者之间的反差过于强烈,让人不禁感到头晕目眩。

可总觉得哪儿不对劲儿。只是要寻求帮助的话,她应该不会那么没完没了地追着你不放。我装作不明就里的样子问喝着可可的你：

"那在帮她出谋划策的过程中,美丘态度暧昧了?"

直美将身体使劲儿仰靠在椅子背上,邦彦一脸兴奋就差吹口哨了,洋次一脸的不解。麻理则一如既往地冷着脸,一副谁也甭想伤害我的架势,可她心里肯定也极度不安吧。

"太一君真是一针见血啊!不过是有那意思。"

"别装模作样啦,快说吧!"

听邦彦连讽带刺,你厉声说道：

"少废话!不关醉鬼的事!我给她出了很多主意,告诉她通常男女交往中不应该拳脚相加,她跟他分手时我也在场,不然千惠美绝对又要挨打。"

这时你停下话头,翻着眼珠看看我,有点难为情地笑着说:

"那女生相当正点不是?每晚说这说那,说着说着……"

醉醺醺的邦彦抱紧自己的身子高声尖叫起来:

"同情升华为爱情,我最爱的类型!"

麻理用近乎恐怖的眼神瞪了邦彦一眼。那像眼神冷冻射线,感觉只要被她瞪一眼,全身就会僵住。

我力挺麻理:

"阿邦安静!那美丘,你跟她暧昧了?对这千惠美……"

你已重新调整好姿态,满不在乎地说:

"没什么,就是突然觉得她好可爱,亲了亲。"

直美像撞见了外星人似的,身体后撤,紧盯着你。

"我说,又不是犯罪,能别这么看不开吗?"

说到这里,你瞅着我抿嘴一笑:

"我得声明我不光喜欢女生,男生也喜欢哦。这一点还请多关照哟!"

邦彦"耶——"地欢呼起来,麻理恢复了冰冷的微笑看着你说:

"那美丘总得把她的问题解决掉吧!"

"说的是!可那家伙真缠人,正犯愁呢!"

这简直就是从花花公子嘴里说出来的话。"想做美丘徒弟"啦、"美丘真帅气"啦,邦彦又开始胡言乱语,我拍拍你的肩膀:

"来,附耳过来!"

我贴近你耳边小声问:

"你不光亲了亲这么简单吧?"

你看看我又瞧瞧麻理,说道:

"哎呀! 太一君好眼力! 唉,也就是摸了她吧。"

我已无话可说,摇摇头看了看麻理。麻理眼圈微微发红,眺望着表参道上的榉树。落净叶子的枝头,光秃秃得让人心痛。我想起名叫千惠美的那个女生纤细的手脚,又赶紧将想象力收拢住,不再胡思乱想下去。

## 十一

几天后,一个晴朗而又寒冷的傍晚,我跟麻理一起走出高层校舍。千惠美正站在门柱那里躲躲闪闪,气氛渐渐紧张起来。我看看麻理,麻理冲我点点头。我鼓起勇气对千惠美说:

"美丘今天不在。不过,到我们常去的咖啡馆应该能见到她。你方便一起来?"

千惠美抬起头,只过了区区几天就面容憔悴、两腮消瘦、眼窝深陷,眼光闪闪的她令人心痛。

"可以吗?我也可以去?"

"没问题。美丘最近刚加入我们,别介意。"

麻理也鼓足勇气说:

"听美丘说了你的一些事,真难为你了。但男生也并不都那样。"

千惠美惴惴不安地仰视着我。不知为何,我竟感觉应该向她道个歉,代表男性群体为男性的罪恶与愚蠢向她致歉。虽然我知道无论鞠多少次躬,也抵偿不清她所遭受的痛苦。

我们三人沿青山大道缓缓走向那家咖啡馆,我感觉像与病人走在一起。千惠美始终垂着头,步履极其缓慢。这种时候,我们自然会将就走得最慢的人。

我和麻理都温文尔雅,这可能就是你我的不同之处。不过有时仅凭温情还远远不够。

那天,我对此有了深切的体会。

以木纹为装饰的咖啡馆里空闲座位不少。除我们外,稍远处,只有一张桌上有伙人凑在一起。

"喂!"

跟上次一样,最先打招呼的还是邦彦,但他看到跟在我和麻理身后的千惠美后就没了声响。桌上摆放着盛有冰镇牛奶咖啡的杯子,代替被下了禁令的爱尔兰咖啡。

"美丘还没来?"

听我问话,直美应声道:

"刚才来过电话,说顺路要去趟什么地方,晚到一会儿。"

洋次挪开椅子,将中间座位让给千惠美。

"这里请。"

千惠美像只小鸟似的缩在椅子上。身穿格子法兰绒衬衣的女招待走开后,邦彦说:

"你受苦了,不过男人也有多种类型。"

千惠美抬起垂着的脑袋。

"嗯,不用再提那人了,问题不在这里。"

洋次像是用足力气做出了一个友善的笑脸:

"那现在问题在哪里？不想说也没关系。"

千惠美一动不动地低头盯着桌面木料上的年轮，沉默良久才开口，声音小得让人听不清。

"说到美丘喜欢女生，大家都以为不正常吧？我自己也吓了一大跳，第一次经历这种事。"

邦彦眼珠骨碌骨碌直转，麻理又向他投去冷冻射线。我在这家伙说出什么不妥的话之前，抢先说道：

"也没什么特别不正常的，美丘那人，本来就有点另类。"

这时，身后有声音传来：

"说谁另类？"

美丘到了。回头一瞧，一身男装打扮的你站在面前。我清楚地记得你那时的装扮，连帽藏蓝色粗呢外衣下配一条水磨加工紧身牛仔裤，头发塞进帽子里，像个小伙子。

你边说边坐到空位子上。

"喜欢漂亮可爱的人不算变态呀！千惠美也来啦？"

麻理解释说：

"我和太一君招呼她来的。这么冷的天一直在外面，冻坏了可不得了。"

你一脸无所谓地答道：

"没什么大不了。千惠美，挺好？"

千惠美在没有靠垫的硬木椅子上更缩成了一团。

"嗯，就是瘦点了。"

你盯着她,微微一笑。

"真的哎!又没减肥。"

在场所有人都提心吊胆地笑起来。你跟千惠美面对面的第一章翻过去了,我们总算放松下来,天南海北地聊了一阵子,既热闹又投缘。而你一脸的漫不经心,千惠美则一直盯着桌面,这实属无奈。

无论怎样好心用尽,最终都不可能把并非情投意合的两个人撮合在一起。

过了大约十五分钟,大家逐渐了适应现场气氛,千惠美突然大叫起来:

"我受够了!"

她踢打着从桌边站起来,笨重的木椅吱嘎作响。千惠美的手伸进圆领防寒夹克口袋,再次出现在我们视线内的右手里握着一把薄薄的美工刀。刀片被推出外鞘时发出刺耳的摩擦音,在木质装潢的咖啡馆内亮出金属刀具是不合时宜的。千惠美厉声嘶吼:

"我受够啦!男人也好女人也罢,没一个人珍惜我,没一个人爱我!这样下去,活着有什么意思!"

我们都像木头人似的动也不动,睁大眼睛,呆呆地仰脸瞪着千惠美。千惠美喝醉了酒一般继续着她的歇斯底里:

"我老早就打算过,变得又老又丑之前死了最好!变成个满脸皱纹的老太婆,不如趁年轻可爱的时候死了好!"

就在这时,坐在我身边的你飞快地从椅子上跃起,以迅雷不及掩耳之速向千惠美握着美工刀的右手挥出第一掌,金属刀具闪着寒光滑落。这一切都疾如春日的风暴,而你的动作并未停止。

"别犯傻啦!"

第二击与千惠美的面部等高。挥臂之时,细密的血珠四散飞溅。一声脆响,你狠抽千惠美一记耳光。模糊的血痕斜斜地留在千惠美的面颊上。

"怎样?美丘,你的手?"麻理关切地问。

你却丝毫没在意血珠滴滴答答滴落地板的右手。应该是击落美工刀时被割伤了。

你平静地说:

"别为被什么人甩了这点破事寻死觅活!跟男生好,就紧贴他们离了他们不行;我对你稍好点,又缠上我!知道这样黏糊糊的多烦人吗?!千惠美很可爱,但我决不会跟一个不自立的人、一个不会自己决定自己该往哪儿走的人要好!"

你向前一步,站在千惠美正对面。

"千惠美,你知道刚才自己说了些什么吗?!老了就不成样子了?那不该是很幸运的吗?!"

你伸出双手挟住千惠美的脸颊,凑过脸去,轻轻一吻。直美屏住呼吸,邦彦不断拍手。你放开千惠美忽地一笑:

"死了就干不成这种好事啦!"

"对不起。"千惠美痛哭着低声说道。

你接过麻理递过来的手帕缠到右手上,然后扶住千惠美肩头。

"我送你回去,今天就到这里啦。噢,麻理,谢谢你。"

你扬起渗出血迹的右手笑了笑,和千惠美直接离开了咖啡馆。

邦彦像是不胜钦佩地说:

"美丘要是个男生,肯定非常非常招女生喜欢。真是太潇洒啦!"

麻理冷笑一声,斜瞪着邦彦。

"哎呀,人家现在也是比你招人喜欢啊!"

比平常少了一人的我们爆发出一阵笑声。大家肯定都有同感,似乎失落了什么重要的东西。仅仅几个月,你已是我们这个小圈子里不可或缺的存在。

于我个人而言,此时此刻你还没成为那样的人。不过美丘,爱上你的季节即将到来。

每每想起春日的你,我的心中就会漾起一片温情。

你我共度的十三个月的时光如离弦箭般一闪而过。

# 十二

季节变化在都市女孩衣装上的体现比哪儿来得都早,才三月初,她们就忍受着寒冷迫不及待地穿上了刚买的春季新款。柠檬黄、苏打蓝、叶绿色、薰衣草色,五颜六色的多彩开衫似乎很是流行。

在日渐轻柔的春风中,年轻姑娘们身着新装、高挺胸脯在校园里走来走去,阳光像闪闪发亮的玻璃砂粒洒落在女孩们的脚下。路人的目光聚集在女孩们的身上,哪个看起来都非常漂亮。

我认为春天是开始恋爱的最佳时机。夏天欲望太重,秋天稍感落寞,冬天身心僵冷。而春季有种有什么要萌动起来的预感和没由来的幸福。漫长的冬季总算挨过去了,一个新的季节周期就要开始,也许会有什么美好的事物降临到自己身上吧。

那个春季,我就是这样期待的。别净看书了,谈场恋爱吧!我心底痒痒的,坐卧不安。记得很清楚,恋爱对象并非你峰岸美丘,而是比你个头高、比你身材好,而且成绩总是很优秀的美女——我们这个小圈子里的冰雪公主。

年初不明所以地接受了麻理赠送的围巾,两端绣有英国国旗图案的深蓝色围巾上还别着纯银的大别针。麻理家有钱,她是富养的千金小姐，可能并不拿送男生礼物当回事吧。起初我想得很简单。

但六人聚在咖啡馆消磨时光或在图书馆学习的时候，我开始感受到麻理微妙的眼神了。黑发下面清秀的大眼睛在注视着我。每次发现后目光相交时，麻理又若无其事地静静移开视线。这种情形反复几次后，连反应迟钝的我也明白了麻理的心思。

于是，我冷静地思考（恋爱开始前的"冷静思考"是我的缺点）了一番。跟麻理这样的女生交往，肯定会幸福。她心细如发、头脑聪明、时尚漂亮，跟她也能聊得来，光看着她心里就够开心甜蜜了。虽然还没确信自己也喜欢她，但在交往中一定会产生这种确信和真正的恋情。我冷静地做出这个判断后，决定跟麻理确立关系。

光凭脑袋是谈不成恋爱的，三个月后我才认识到这一点。结果你也知道，我用最残酷的方式重创麻理，那是最令人难以接受的分手方式。不过，我不认为那时判断有误。跟麻理交往，无论对哪个男生来说，都是通往幸福的捷径。如你所言，就像绝对会中奖的彩票。

只是在我面前出现了一个让我连中了奖的彩票都会撕碎的人。说来惭愧，这人就是你。

那天，我像被春风推搡着，在表参道上一路浏览着商店橱窗，心里盘算着找件什么有灵气的礼物回赠给麻理。我几乎从未给女生买过东西,所以这可真是个大难题。

商店里满是新款时装。已是三月中旬,我之前收到的是围巾,还礼找点春款更好吧。可我对女性时装实在一窍不通,正当我向被石墙般的壁面切分开来的保罗·斯图亚特[①]橱窗内窥视时,肩头上挨了你一下子。

"太一君,干吗呢?"

慌忙回身,你身着最爱穿的游骑兵黑色皮夹克站在色调柔和的街面上。

"没什么,找点东西。"

你像是发现了绝佳猎物,抿嘴一笑,目光转向橱窗。

"女式春款外套、高跟鞋、包包啊!"

这些衣物都用明快的薄荷绿色装饰搭配陈列在橱窗内,你笑得更邪恶了。

"捣什么乱啊,美丘!"

"才不是捣乱呢!太一君要给女生买礼物,对方应该是……"

你像个名侦探似的将双臂抱在胸前,眯起眼睛紧盯着我。知道吗?这时候的你看起来非常可恶。

"麻理吧!"

反正就算隐瞒也会马上露馅。在我们这六人小圈子中,传话速度堪比光速。

---

[①] 保罗·斯图亚特:美国服装品牌名称。

"是啊,那又怎样啊?"

你一脸天真地笑着说:

"恭喜!咱这几个人里,最正经的男生跟最漂亮的女生交往,我得祝福你们呀!太一君一直就没注意到自己被麻理看中了吧?我还以为太一君迟钝,或是有了别的意中人了。"

你的话让我颇感意外,因为你历来我行我素为所欲为,对别人的恋情看似并不关心。

"美丘什么时候发现麻理心思的?"

你转身背对新绿在空中微微摇颤的行道榉树,一只眼拙劣地朝我挤了一下:

"这种事在圈子里一出现马上就看出来啦!麻理看太一君的眼神跟瞧别的男生的眼神完全不一样嘛!"

"原来如此。"

"就是嘛!真是木头脑袋!为了太一君,就连自己并不喜欢的朋克CD也拼命地听。恋爱中的女生,可爱着呢!"

我想起千惠美,那个被你引诱得晕头转向的可怜女生。

"千惠美那之后怎样了?"

你嘿嘿几声吸气般地笑起来。客气点说,这笑声极不文雅。

"啊,那姑娘不是正宗的双性恋,她交上了新男友,不追在我屁股后面啦!也算去了块心病!"

春风吹上表参道长长的斜坡,拂动着你短短的前发。你勾引朋友的恋人,亲吻刚失恋的女孩,尽管你净搞些胡作非为的勾当,但这一刻你看起来却像刚擦净的橱窗玻璃般透明。没有污垢没有瑕疵没有阴影,追随着自己的欲望,活得诚实正直。在你强大的气场面前,我甚至感到眩晕。你用食指戳戳我的胸口说:

"喂,反正你也不知道该送女生什么好不是?那我给你选点特别的吧!"

或许再跟你在表参道上转转也不坏。反正礼物是为麻理买,又不是给你。

"真帮了我大忙!去哪儿看好?"

"跟我来!"

你急行军般冲下表参道坡道,我慌忙向你挺直的后背追去。

我根本进不了那种店面宽大的高级品牌路面店[①],主要是因为不喜欢站在金碧辉煌的店门前又高又帅的门童,他们穿的长外套的做工比我身上的衣服还好。当然也有因囊中羞涩而造成的扭曲心理,总感觉一眼就会被人家看穿。好在你对香奈儿、古驰都视而不见,我松了口气,问你:

"不用看看那边的牌子?"

你头也不回地对身后的我说:

"不用不用!麻理是千金大小姐,高级品牌的东西多着呢!在那种店买便宜货成何体统?"

---

①路面店:大城市里面向繁华主干道的店铺,多是著名品牌的直营店或专卖店。

"是吗？"

"是！不太贵但有点品味，平常能用得着的小巧可爱的东西不就很棒？"

你回头瞥我一眼，又笑得不怀好意。

"不过，可能胆子稍大点更好。"

你在一家铺着黑色大理石地面的首饰店前第一次停下脚步。店面不太大，也没有门童。你沿石砌台阶走到半地下，我脚步沉重地追上你。这是一家看似相当高级的店。

你在陈列着玻璃柜的店内东瞧瞧西看看转来转去，最先看中的是款金底上镶嵌有放射状焰火般钻石的戒指。看看价格牌，五十二万五千，身穿黑色连衣裙的店员向慌忙移开视线的我投来微笑。这里似乎是总部设在巴黎的珠宝商点。你胳膊肘抵着玻璃柜连声喊我。

"这儿这儿，太一君，看看这个。"

我像是尽量避免搅动店内空气似的小心移步过去。戒指跟我刚看过的式样相同，但这款戒指的厚度约有一半，你用很娴熟的语气说：

"劳驾，请拿这戒指看看。"

我在你耳边小声提醒：

"你要干吗！这种东西根本买不起啊！"

你抬头看看我，微微一笑。

"没关系，没关系！见识见识漂亮东西练练感觉也算学习。

拼命打工自己挣到钱了再买就好。"

笑容满面的漂亮店员过来打开上了锁的展示柜。店员梳着垂髻，额头闪闪发光，肯定用过能让肌肤这样发亮的特殊化妆水。她恭恭敬敬地将焰火形戒指盛到到黑色天鹅绒浅盘上，你捏起金戒指说：

"这次过生日，他要给我买订婚戒指，这个就蛮可爱呢！"

我屏息点头，偷眼一瞧价格牌，三十六万七千五百。

"哎呀，真羡慕您呀！"

你转过头，用胳膊肘轻轻捅捅默不作声的我。

"怎样？这戒指？"

"不错！漂亮！价钱也公道。"

你将金戒指套在自己无名指上，抬起手对着布满聚光灯的天花板仔细端详。钻石在灯光映照下闪闪发光。

"看起来相当般配啊！喂，我戴这个好看吧？"

你瞅着一脸窘相的我笑了。你要是个男的，可能早就挨揍了。你将戒指放回浅盘说：

"这款做第一候补。想再多看几款，回见！"

"欢迎再次光临！恭喜您缔结良缘！"

你像黛安娜王妃似的微笑不语。无奈，我回应道：

"非常感谢！"

我们装作热恋中的未婚夫妻，手挽手走上首饰店的台阶。

回到宽阔的散步道上,我大吼:

"到底什么意思?!我可是个学生,哪能买得起几十万的戒指啊!"

"倒也是,像太一君这样的穷学生的确不合适。不过这样一来,再进下一家店就不那么怯场了吧!再说,这家店在表参道上也算是数一数二的天价店铺啦。"

的确如此,我们看过的戒指在店里算便宜的。戒指、项链、手表,哪款都动辄数百万元。你撇下目瞪口呆哑口无言的我快步向前走去。

"快,去下一家,下一家!"

我叹口气,向异常兴奋的你追去。

## 十三

之后,我们一家接一家地进出女装店和饰品店。我重新认识到,这个世界上存在着无数漂亮的、可爱的和有灵气的东西,所有商品都在热切期盼着与金钱的交换。

下了表参道,在原宿购物中心一层一层地看上来。你和我各找到几件备选礼物,但能够一锤定音的东西还没出现。在楼内咖啡厅小憩片刻时,窗外十字路口处春光下的人潮清晰可见。稍远处的桌上,一位在电视上露过脸的设计师正高谈阔论。

"感觉给女生买礼物相当费心思啊!"

你啜了口卡布奇诺说:

"可不是嘛!麻理为太一君买围巾肯定也到处转得腿都麻了。"

我再次审视自己在跟什么人谈恋爱这一问题。

"这实在麻烦,不太合我口味。准备礼物要面面俱到,这个那个的要考虑周全,能不能别这样,能不能更自然地跟女生交往,不必费这些额外的蠢力气啊?"

"你听着,最近男生都这么说。谈恋爱时也一样,净想图快活,不愿改变自己,不愿搞出点新鲜玩意,就惦记着上床,品性太差!"

你一如往常,说话毫不客气。回头再想想自己,有一大半被你说中,正沉默无语时,你又说:

"麻理可是个好姑娘,跟太一君再合适不过。被这样的女生看中,简直就跟中了彩票一样,一定要好好珍惜啊!来,再去找一找!"

我们离开原宿向涩谷那边走去。黄昏的光亮映照着天空,云朵镶上了一道金边。

风暖暖的,从你我之间穿过。走在散步道上,你抬头看看我,风吹开你的刘海儿露出了额头。

"春来啦——有这感觉吧!空气柔柔的!"

此时此刻,不知自己看起来是什么模样,你可真是可爱得令人心痛。我窘迫地移开视线,你手指一家装饰着旗袍的店铺说:

"看看这家!"

Vivienne Tam[①],是哪国的设计师啊?这对我来说是个陌生的名字。带有刺绣的针织衫、长裙等被陈列在白色丙烯店内,试衣间间隔不小,非常安静,像个洋装遗体展示厅。我们并肩端详着摆放有各类饰品的玻璃柜。

---

[①] Vivienne Tam:谭燕玉,国际著名女性时装设计师。1957年生于广州,毕业于香港理工大学,1980年赴美,1990年创立以自己名字为名的品牌。

原因说不清楚,当发现了一直在寻找的东西时,这一瞬间,一切不言自明,就是它!我们在玻璃柜前对视一眼。

这是条银质项链。链环穿过一个"T"字形金属部件固定,项链坠是条蜿蜒盘曲的龙。价格不到两万,放心了!

"定下这款银龙吧!麻理有亚洲美女的气质,带点野性感觉也不错。"

"那你再跟店里人打个招呼?"

"不行!这次你要大大方方地自己出面买下。"

无奈,我紧张地喊来旗袍配牛仔裤的店员,请她取出项链细看。你手拿项链笑嘻嘻地说:

"今天陪你这么长时间,让我先戴戴没问题吧!"

你将银项链戴在游骑兵黑色皮夹克上面,意想不到的粗犷、男性化气质。店员不失时机地抢先说道:

"跟客人您很般配呀!"

事实上,的确非常适合你。

"就定这款,送人用,能配上礼盒吗?"

穿旗袍的店员看了我一眼,会心一笑,似乎把我们当成刚开始谈情说爱的小情侣了。

见她走向收银台,我小声说:

"感觉我们不管去哪家店,好像都被误认为是恋人。"

墙上挂着的镜子里,站立着上穿游骑兵夹克下配超短牛仔裙、黑色长筒靴的你和深蓝色羽绒服配牛仔裤的我,衣着风格很相似。你把手伸进我的口袋。

"误会就误会了吧,没什么不好。"

你开着玩笑将头靠近我的肩膀,是在比量什么吧。我大感不解,瞧了瞧镜中脸颊微红的自己。

"您好,请这边结账。"

我摸索出内口袋里的钱夹,叹息一声,从试衣镜前走开。

## 十四

第二天又刮起春日风暴。校园里树木弯下枝丫,全力抵抗着强风来袭。午休时的牛奶堂①热闹得像个动物园。我们六人将两张圆桌拼在一起,各自吃着 A 或 B 套餐。在这里吃东西,总感觉不像吃饭,而只是补充燃料。我对吃完东西正在喝奶茶的麻理说:

"能过来一下吗?"

麻理看似又惊又喜。与你大不相同的优雅举止与这表情极为相称。你看看我,使了个眼色给我鼓劲儿。我从椅子背上摘下挎包,走向窗口亮堂的地方。麻理跟了过来。

"什么事,太一君?"

麻理背对窗户站在我面前,身后树上的绿叶随春日风暴摇曳。麻理身穿米色麂皮绒订制夹克、白色工装裤,一如既往的模特般的造型。我从挎包里取出系着红丝带的礼品包。

"这是围巾的还礼,总找不到像样的,好一通找。"

麻理的表情变化像是在放慢镜头。眼睛瞪得大大的,脸颊

---

① 牛奶堂:提供牛奶、面包、点心等简单小吃和饮料的餐厅。

染上玫瑰色,双手合十在胸前,哎呀一声双唇张成"O"形。看电影的感觉。

"谢谢,可以打开吗?"

我点点头。为觅这礼物费了昨天一整天的工夫,但转念一想,送出的一刻感觉还是挺好的。麻理用精致的涂了指甲油的手指解下丝带,撕掉包装纸,打开盒盖,银龙微微斜躺在里面。

"真漂亮!"

牛奶堂的嘈杂声渐渐远去。麻理将项链系在脖颈上,抬眼看看我。麻理人长得漂亮,项链看上去不坏。不过,我总有种说不出的违和感。我笑笑,笨嘴拙舌地对麻理说:

"很配,麻理戴什么都配。"

麻理露出开心的微笑说:

"一直想要件这种类型的,我没怎么有野性味道的首饰,太谢谢啦,太一君。"

"不谢,这算是你送我礼物的还礼嘛。"

"收到这样的还礼,又该找件新礼物啦。"

我强作欢颜跟麻理笑着聊着。银龙项链并不适合她,只是因为麻理确实太漂亮了,当作装饰也不坏,但绝没有昨天你挂上脖子时的那股气势。你戴上这项链,银龙像要扭动身体腾空而起。挂在麻理脖颈上的银龙只是个铸件,而在你身上就变为个头虽小却能口吐火焰的生灵了。

和麻理一起回到等在桌边的同伴面前时,我心里焦虑不安。

你冲精神恍惚地坐下来的我又使了个眼色。

"太一君,好手段!"

洋次跟邦彦像两只猴笼里的猴子,"咻咻"地尖叫起来。即刻起,在我们这小圈子里,我和麻理算是正式谈恋爱了,我采取的行动是决定性的。

邦彦说:

"太棒啦!本圈成了第一对!太一光知道看书,我还以为这家伙晚熟呢!该出手时就出手啊,这家伙!"

邦彦伸手将我的头发抓得乱蓬蓬的。我呆呆地思来想去。起初,心思很单纯,春天到了,是不是该谈场恋爱了,反正对我抱有好感的美人又在眼前。冷静想想,似乎也不是什么不好的恋爱对象。我犯了一个根本性的错误,其实根本不可能这样凭脑袋想想就决定喜欢谁或不喜欢谁的。

爱情不需要算计。我们的心决不会听脑袋说的话,产生恋情或爱上一个人,是在内心深处、在连我们自己都看不到也理解不了的地方悄悄发生的变化。

我至今还会想,如果我安安稳稳地喜欢上麻理、正正常常地交往下去,是不是就不会遭受如此悲惨的重创了?但同时也可能终老一生都不会了解从心底爱上一个人是种怎样的感受了。

我竟对纯真无邪地祝福新情侣的你产生了些许憎恨。麻理不好意思地低下头,时不时地瞟我一眼。

此后的两个月,我跟远比你漂亮得多的美人谈着恋爱,心却慢慢向你那边倾斜了过去。

这个春天始于忧郁。

## 十五

　　四月是背叛的季节。

　　现在距那时过了还不到一年，但每每想起，一切都像微微污浊的春日蓝天般模糊不清。身处其中的，有你、有我、有被我狠狠伤害了的冰雪公主。

　　那是冬季最寒冷的时节吗？至今仍时时忆起。感觉要是个冰冷灰色的季节，倒还适合伤害谁，而在平和晴朗温暖的春日午后，真不适宜欺骗什么人。

　　两层底的心思、被撕裂的爱意，都不该是悠悠春日里的风物。

　　跟大多数刚开始交往的情侣一样，麻理和我在那个春季每天都要互发多条信息。这仍不够，还要相约在校园某处见几次面。话总也说不够，或者倒不如说因害怕沉默，便不管什么话都尽可能地多说。

　　没什么郑重其事的约会，不过，麻理跟我在短时间内这里那里地去了不少地方。买参考书去神保町书店、看电影去涩谷和新宿、购物去表参道及原宿。既有从麻理家出发步行就能到达的地方，也登上过六本木山上的展望台。在那里可以看到如同撒下的砂粒般林立的高楼,以及远处沉入铅色之中的东京湾。

与我在一起时的麻理完美无瑕。高挑的她永远端庄得体,容妆上也没有半点疏漏,着装昂贵高雅却从不炫耀于外。被多数女生胡穿乱搭的流行西装,麻理却清楚怎样穿更合适。这肯定不是花费气力学会的而是天性使然。为强化自身性格,设计出多种高品位的组合搭配,谨慎地将其穿着在身,剩下的只需忘掉着装尽情展示自己即可。

一个生来拥有美丽容姿的女性,又在优渥的环境中长大,会成为一件怎样的杰作呢?通过麻理这位女性,有时候我会生出一种在观察一个难得一见的生物的心思。与你不同,麻理像是一件已经完工的作品。虽然不知为什么她偏偏对我情有独钟,但我对麻理的好感却异常冷静。我想的是,爱一个毫无瑕疵的人终归太难,我担心对方会从自己不完美的手所触及的地方走向毁灭。当然,这一切极可能只是我为自己的残忍找的借口罢了。

那年春季,我这个男友极端冷酷无情。

有时候,只需一天,一切就会遭到彻底颠覆。那天也应该算作你我之间无数纪念日中的一个吧。如果要起个名字,"血色星期五"或"春日风暴对决"什么的最贴切不过。那是你特有的狂暴,如果只跟麻理在一起,则注定与这种激烈火爆的纪念日一生无缘。

那是四月中旬一个翻卷着春日风暴的星期五,天空中深浅不一的灰色浮云被狂风撕扯着匆匆疾行。傍晚,天色就早早地昏暗下来,校园里的灯光全都亮了。你坐在咖啡厅窗边,透过玻璃仰望着风暴肆虐的天空:

"感觉这天气很带劲儿啊!风暴一来心里就怦怦直跳,兴奋得不得了。"

那晚要搞个久违了的酒会。其他成员都还没到,而此时是我和你最拿手的自主停课时间。上没意思的课相当于浪费时间这一点,你和我意见一致。你身穿游骑兵皮衣和最爱穿的超短裙。我在麻理面前绝对说不出口的话,对你却毫不脸红地说了出来。

"我说美丘,你怎么老穿超短裙?你那腿也没多长多细嘛!"

你一脸凶相地微微一笑:

"喂!休得无礼!的确没麻理那样的美腿啊!你晓得?腿形不是问题,大大方方地展现出来的心意才最重要。有这种心意在,就不觉得腿有多粗了。"

我一边跟你聊着,一边琢磨自己为什么会这么放松呢?我可不敢对麻理的腿说三道四,而对你,大多数话题都能聊。

"这样啊。"

"当然啦,超短裙就是为使腿部接受视线压力变细而穿的!别看我这样,我也是个相当努力的人呢!"

然后你像是有意地环视咖啡馆一周,压低声音问:

"不说这些了,送完礼物正式跟麻理谈恋爱已经快一个月了不是？太一君跟麻理到底进展到哪一步了？"

你招招手,在我凑过去的耳边问：

"已经那个过了？"

你那恶作剧式的声音让我的心隐隐作痛。很奇怪,跟麻理在一起,心里暖暖的,从不会隐痛。

"别说'那个那个'的,还没呢！"

"太一君相对晚熟啊！不过我觉得麻理已经有那意思了,原来还没下手呢！哎？"

我从不锈钢桌面上端起牛奶咖啡喝了一口,心情一下子变坏了。有什么可值得"哎？"的？首先,我跟谁亲热,至少这时候跟你应该毫无关系。

"你想象不出我多么珍惜麻理。不可能马上就干什么吧！"

你极不雅观地将穿着黑色靴子的脚搭在空椅子上,双手交叉在脑后。

"晓得啦晓得啦,可女生光是被珍视是不行的！要不时地轻轻给点刺痛。麻理太漂亮,不知会跑到哪里去,钓到手的鱼儿不正儿八经地喂饵可不成！"

我愣愣地问：

"性爱作饵？"

"那还用说！最美味的饵啦！小心你净看那种电影自己解决,动真格的时候不好使！"

"谢谢你惦记着。不过这一点没问题,别看我这样,我可是个健康好青年!"

你又扫视一圈咖啡厅,这次似乎在确认是不是真的没人来。

"前些日子被麻理叫去聊过,问太一君喜欢什么样的装扮,是不是喜欢性感什么的。"

这次轮到我"哎?"了一声。

"你怎么说的?"

你直勾勾地盯着我,感觉那明亮的茶色眸子里透露出的乖僻劲儿会把人整个吸进去,我慌忙移开视线。

"我说保持本色不就很好?麻理足够漂亮了,不用多久,太一绝对会猛扑过来。不放心的话,我可以做做测试写个报告。"

"净爱多管闲事!到底要写什么报告?"

你无声一笑,眼珠上翻看着我。

"有什么不好?!写写上床什么的,又不会少一块!测试一次,喜欢身体的哪个部位、哪个部位敏感、喜欢什么体位都告诉你!这算是对麻理的友情赠送!"

你猛地打住话头,将脚从椅子上撤下来。

"太一,聊什么?看样聊得挺热乎啊!"邦彦拍着我的肩膀说。

后面跟着麻理、直美、洋次,我们这小圈子的六个成员都到齐了。麻理身穿黑色牛仔裤黑色丝质缎面衬衣,前襟处装饰着多层飞边,扣子都解开到了第三个,我送她的银龙项链在锁骨中央位置夸张地摇摆着。

你对邦彦说：

"哦，要是再有点时间，就问问太一君喜欢的姿势。哎，是背面那种？"

麻理微微一笑说：

"那是什么姿势？美丘，下次教我。"

你瞧着我笑了。

"还是正面来着？"

邦彦举起右手宣布：

"啊！这个我也顶喜欢！"

"谁也没问你啊！"

窗外狂风大作，只隔着一扇落地玻璃窗的咖啡厅内却一片宁静。上完那天最后一节课的学生们开始陆续聚集过来。我们六人放声大笑，有这些和睦友善的伙伴，夜里的酒会一定同样开心热闹。不管天气如何恶劣，快乐只会有增无减。

# 十六

狂风中,灰云与夕阳在天空这块调色板上被胡乱涂抹一气,涩谷上空一片红黑混沌。

下午六点,我们进了西班牙坂中间位置的一家很流行的单间餐厅,既不太贵,酒水跟饭菜搭配又均衡。偏巧六人单间的造型像个监牢,单扇门被带有铁格子的双扇门取代,墙壁由胡乱堆积的砖块砌成。你在木制长椅上一坐下来就仰着头看着昏暗的天花板说:

"这地方感觉不错嘛!喂,麻理,不想在这屋子里……"

我观察着麻理的反应,她只是笑笑。

邦彦对你说:

"又想说黄段子啦?美丘,你其实是个男人吧?"

你戳戳坐在旁边的我的肩头说:

"才不是!大家嘴上都不说,其实女生脑袋里也塞满各种荒唐玩意儿,你们这些毛头小子根本想象不出女生想的东西有多离谱!对吧?麻理也一样!"

猛然把话头抛给麻理,所有人的视线都集中到了麻理身上。麻理的回答从容不迫:

"是啊！相当离谱,脑袋里满满的,尤其是喝醉酒以后。"
她意味深长地将伏特加汤尼水酒杯向我这边举了举。
"瞧,今晚麻理有一醉方休的意思,看你的啦,太一君！"
直美坐在桌边大叫:
"够啦！都别说啦！真不敢相信！"
邦彦站起来高举酒杯,这一晚他已好几次要求干杯了。
"好啦好啦,为脑袋里塞满荒唐念头的可爱女生们干杯！"
"真不敢相信！"
直美不断这样大叫,却也加入了集体干杯。你不出声地笑着,轮番打量我和麻理,而麻理的目光则始终缠绕在我身上。感觉她那黑衬衣胸口开得比以往都深。麻理那天夜里真有那意思吗？你碰碰我的肩头,在耳边低语道:
"我赌一星期的午饭,麻理今晚穿着最有杀伤力的内衣。怎样,赌不赌？赌个输赢？"
我摇摇头,有败局已定的感觉,何况怎样核实也是个问题。正在这时,铁格子门外传来醉汉的叫声:
"喂！这屋美女多！不匀过来一两个？"
抬头见过道上抱肩站着两人,身穿纸片一样薄的西装,满头金发,像是已彻底放弃人生正自甘堕落的公司职员。其中一人似乎已酩酊大醉,正扯着嗓子向这边大喊大叫。
"穿黑衣服的小姐,美女呀,别跟那些小子喝啦,来这桌吧！"
"滚回去！醉鬼！没你们这帮蠢货的事儿！"

你非常勇敢,痛快淋漓地大骂一通后抓起桌上的什锦果仁,掷向两个流氓上班族。

"怎么啦?丑婆娘!可没跟你说话!"

"少废话,没女人要的软家伙!"

光扔坚果似乎还不过瘾,你连空了的小碟和手巾也抓过来向走廊扔去。邦彦起身正要向铁格门那边冲过去,我用眼神制止他,并按下桌上的呼叫器。这家店相当大,店员无论如何都不可能照顾到每个单间。腰带上挂着玩具手铐的楼层主管马上走了过来。

"现在赠送诸位同款饮品。还有,那边走廊上的客人,请回到您自己的桌上。"

年轻的侍应生面露惊讶,向走廊深处看去,刚才那对流氓一声不吭地走远了。你冲着他们的后背穷追猛打似的大叫:

"白痴!想追麻理,还嫩了十年!"

邦彦也大叫:

"还嫩了百年!美丘也不是那么丑的丑婆娘!"

美丘又将果仁朝邦彦扔去,瞬间缓解了我们的紧张情绪。流氓们走后,我们马上回到了原来的话题,一肚子的不快也消失得无影无踪。接着又聊起大学、恋爱、就业,总之聊得再多也聊不到最近看了什么书上。现在读书已是跟不上时代潮流的爱好了。

## 十七

那晚我负责张罗,我收了男生每人四千、女生每人三千到收银台结账。时间已近夜里十点。你套着游骑兵衣袖从我身边经过。

"再去一家还是跟麻理两人躲到哪里?"

我数着钞票,头也不回地说:

"今晚陪大家。不过,我可不愿意过后被以为有什么事。美丘以后绝对会说三道四。"

"嘿嘿,你这不挺明白的嘛,太一君。什么时候发展得有眉目了,也告诉我一声哦。我先出去啦。"

收银台结账处人不少,我登上通往地面的台阶时迟了几分钟。可能是春日风暴的关系,吹向台阶的空气也又暖又湿。麻理的尖叫声随风飘来。

"快住手!太一君——"

接着听到男人的叫骂声,似乎在哪儿听到过这声音。我三步并作两步跑上台阶,刚才那金发无赖上班族的面孔浮现脑中,我的心扑通扑通地疾跳起来。

"少在女人跟前耍酷!"

我向涩谷西班牙坂的后街飞奔过去,朋友们被堵在小巷里头。洋次和邦彦站在前面保护着女生,三个上班族正在那儿纠缠。洋次看来已经挨了打。

三人中有个大块头的家伙站在抱着脑袋的洋次跟前,像是瞄准了防守空当,吭吭地接连击打着洋次。

"干什么?!"

我大叫着紧握双拳跑向现场。麻理大叫:

"太一君,让他们住手。"

两个家伙反拧住邦彦双臂把他按倒,洋次这边正在挨打。三个金发无赖中,事实上正在施加暴力的只有大块头的流氓头子一人。其他两人则扯着不低于麻理和直美的尖叫声及春夜狂风的呼啸声的嗓门儿来声援大块头,他们不断嚷嚷着:"再打!狠揍!"

"住手!"

我不怎么会打架,但当时却冷静得不可思议。头子向我转过身来,眼珠通红,笑着扬起手,拳头一角上像是沾着洋次的血。

"这次轮到你啦!"

似乎应该多争取些时间。这家伙的个子比我高出十厘米以上。

"干吗打我们?"

流氓狞笑不止,他似乎有把握随时能 K.O 我。

"这还要理由?蠢货!当然是好玩啦!捏软柿子什么时候

都好玩！"

说话的是脑袋看起来不怎么灵光的家伙，年纪可能有二十五六岁。

"你在公司老是挨训吧？不好好干活，出错太多吧？"

尽管吓得两腿打战，但畏惧对方于事无补，不知不觉间，我调侃起来，怎么看那家伙也不像能好好上班的样儿。

"敢取笑我！"

流氓头子口角吐着唾沫泡逼上前来。略带潮气的风吹进小巷。我对自己说要冷静，第一击一定要躲过，再至少给他来一次有效击打。我抬起双臂护住头部时，听到了什么人的叫声。

"白痴，敢小瞧女人！"

你大叫着跑过来。身子还冲着我这边的头子听到叫声，只拧过上半身向你看去，接着又抡起带血的拳头。我低头扑向头子腰部，无论如何也不能让他对你下手。这时，我注意到了你手中的灰色块状物。

我紧紧抱住头子腰部，头子拼命想挣脱开，他暴躁地用拳底猛击我的后背，显然是要先解决这边再去对付你。另外两个家伙一边傻笑一边远远望着我们混战在一起。

接下来的一瞬间，只听"砰"的一声钝响，是硬物撞上骨头的声音。头子的身体顿时绵软无力，当场瘫倒在地。你双眼倒竖俯视着按住后脑勺不断呻吟的头子。

你手中握着一块小孩拳头大小的混凝土块，这是从哪儿捡

来的啊!你毫不掩饰你的厌恶:

"什么丑婆娘!你这白痴,还敢小瞧女人!"

你要干吗?你站在头子身旁,死死瞪着这家伙,像要踢足球似的,将一只脚使劲儿后撤,用头部带有铁皮防护的黑色工程靴鞋尖对准头子的嘴巴猛踢一脚,站在旁边的我直接听到了门牙折断的声音。

"你这人渣,去死吧!"

你喘着粗气,给了头子满是污血、已变成黑窟窿的嘴巴第二记定位球。另外两个家伙目瞪口呆地盯着你,目睹这种突发的、真实的、激烈的暴力行为可能是他们的头一次。你以欲将头子的所有门牙都踹掉的气势开始做第三次定位球的准备动作时,我从背后倒剪住你的双臂。

"美丘,够啦!不能再踢啦!"

你边哭边喊叫道:

"放开我!我要宰了这畜生!"

你还要去踢打将污血和唾沫喷洒在潮湿的柏油路面上的头子。另外两人放开邦彦,跑到倒地的头子身边。你一边试图挣脱开我一边叫骂:

"还想干架?!跟那死人一样,我要宰了你们!"

你嘶吼得唾沫星子乱飞,似乎真的要杀人了。剩下两个无赖显然没心再闹了,他们护住倒地的头子,像在看什么可怕的东西似的盯着你。

"这婆娘用石头打！脑袋有病啊！"

你听到其中一人说话，又在我臂弯里折腾起来。

"捏软柿子好玩不是！跟你们哪儿不一样？！"

麻理走过来，用手轻轻扶住你的肩头。看热闹的人越来越多，涩谷后街上跟过节似的嘈杂混乱，很多拿着手机的家伙跑过来。

麻理在你耳边说：

"谢谢，别打了。美丘，大家都没事了。"

麻理的话比魔法还管用，野兽般暴躁的你不再那么用力折腾了。直美、邦彦、洋次也过来了，洋次的一只眼肿起挡住了一半视线。我松开双臂，你挣脱了。

"今天到此结束吧！就算确定对方不对，他们也受伤了。警察一来就麻烦了，就在这里解散吧！"

邦彦像是还在哆嗦。

"分散开不更危险？"

"看热闹的人里有叫喊的，警察来啦！"我对大家说。

"结伴跑吧！麻理，抱歉，你能跟洋次走？我要确保美丘别有麻烦。"

麻理眼睛里瞬间浮现出了被背叛的神情。在深夜小巷的背景下，麻理的眸子格外深邃清澈。麻理看了一眼还在喘粗气的你，像在说服自己似的开口道：

"美丘还没恢复啊！明白了，今晚就在这里分手，稍后一定要打电话！洋次君,快走！"

麻理架着洋次分开看热闹的人群走了出去。你眼光闪动着对我说道：

"我没问题！那种人来一个两个算不了什么,我一个人逃,太一君去陪麻理就好。"

有人尖叫："警察来啦！"

我拉起你的手,生拖硬拽地沿西班牙坂后街拔腿就跑。天上还没下雨,被撕扯开的云块仍在深蓝色的天空中狂奔。感觉握在一起的手中像有什么东西流过,我跑到公园街上时还攥着你的手不放。星期五的涩谷之夜刚要正式开场,众多出来过夜生活的人欢天喜地地走在路上。

穿过打扮入时的人群,你我跑得像一股春天的旋风,任何人也不能阻挡我们的脚步。我在想,就这么跑下去,黑夜永不终止该多好。与你跑到东京的尽头,将所有人甩下弃之不顾,只有你我活下来。

背叛的春季才刚刚开始。

# 十八

黄金周的黄金在哪儿?

每年一到五月我就这样想。的确是气候宜人,算得上一年中最好的时候。太阳落山后天也不凉,既没有夏的酷热也没有梅雨时节的潮湿,春风轻快地摇动着新绿,拂过女孩们的发梢与干干的街面。

不过,五月同时又是忧郁的季节。外面的世界太过眩目舒适,或许它的黑暗与沉重都被注入了我们的身心之中。五月病[①]在五月,懒散倦怠半途而废在五月。与此同时,也到了你我的关系初现端倪的时节。与你共度的十三个月里,充满惊涛骇浪的下半场开始了。

记忆的录影机将镜头缓缓向那个黎明的场景拉近,画面中,我们六人像被朝霞染透了全身。你还记得吗?一切都始于那个黎明。

黄金周,我们说好一起去旅行。

---

① 五月病:新生忧郁症。指日本四月入学的大学新生最初一两个月易见的情绪忧郁等症状。

话虽如此,我们这个小圈子里的成员,其实并不怎么热心于此。春季长假原本就该与要好的朋友一起出去旅行什么的,感觉大学里似乎弥漫着这样一种气氛,无奈只好随便选个地方走一趟。去看看,才发现它只是一次为证明小圈子的团结而制造的旅行。

五月的第一个星期二,我们在麻理家集合,时间是早晨五点。清晨的空气像刚刚擦过的窗子般晶莹透亮,西麻布街区就是个高价的摄影用无人布景。你一副垂涎三尺的模样盯着一辆银色汽车。

"哎,我说,这辆奔驰,过会儿也让我开开吧。"

排气量达五升的庞大轿车是麻理父亲的。大概平常上下班使用,显然是硬借来的。麻理罕见地穿了一身轻便衣装,短款天鹅绒运动衫配紧身工装裤,上身绿色下身白色。这一形象让某些女性杂志的读者模特儿都无法与之匹敌。麻理看似挺奇怪地问:

"美丘,车开得熟吗?"

你像个少年似的嘿嘿嘿笑起来。你身穿横条纹衬衣配破洞牛仔裤,我倒觉得个子不高的人为显身材匀称最好别穿这种肥肥大大的宽松款。

"当然熟啦!不过这种又大又快的车还没开过。"

麻理吃惊地又问我:

"太一君开车怎样?"

我摇摇头。

"几乎没开过。到了目的地可以开开试试,但在东京开不了。"

"这可麻烦了。"

你"没事没事"地扬扬手说:

"没什么麻烦的!说了我来开!"

停在奔驰后面的是辆蚕豆色的日产玛驰,这是邦彦的车,横滨牌照。麻理对从玛驰上下来的洋次说:

"洋次君,能请你开这辆吗?"

洋次看看后备箱上的数字说:

"没问题!奔驰开得惯。不过我家的是 E300 旅行车。"

你对着空无一物的柏油路面飞起一脚。

"什么意思呀?有钱人真讨厌!那我坐副驾驶!反正太一跟麻理得手拉着手,挨着坐才好不是!去后排长官专座不更好?!"

由此也就确定了座位。邦彦和直美坐玛驰,余下四人坐奔驰。就发动机马力来看,应该是最合适的配比。早晨五点刚过,我们从都心住宅区出发了。

首都高速这个时间确实还不拥堵。在高树町驶入高速直奔新宿。晨光中,东京的高层楼群就像制作完美的未来都市的模型。玻璃与混凝土间,意外地探出新绿的树丛。都心的绿色植被还是蛮多的。车里的人聊得正欢,不过聊天内容可算不上高雅。

你抚摸着黑皮座椅说:

"我头一次坐这种高级车。光这座位就这么好,我那房间里也想来一套啊!"

这一点我也有同感,可能努力工作一辈子也买不起超过一千万的汽车吧!当然倒也并没什么不甘心的,我对汽车不怎么讲究。可能是麻理父亲的爱好吧,CD换片机里,莫扎特的第17号弦乐四重奏《狩猎》如骏马飞驰般轻快地奏响。

"啊啊,我也想生在有钱人家啊!还有就是个子能再高点。"

麻理嫣然一笑,完全是中心人物的笑容。

"我还从小就奢望像美丘这样娇小可爱呢!不觉得那样更好?太一君?"

麻理身高接近一米七,美丘要比她矮十五厘米。

"挑选衣服的时候除外,身高没什么关系吧。"我斟酌着答道。

洋次边开车边说:

"对啊!只要人好,身高没什么关系。女生也不是看身高选男生吧?"

美丘用不以为然的口气说:

"我选男人,身高、长相、床上功夫都看。当然不可能什么都无所谓!女人有选择权嘛!麻理也一样吧?"

坐在豪华座椅上的麻理看了我一眼,意味深长地笑着说:

"对!终归会挑选。不觉得这人帅,不可能交往。"

"果然是这样吧!"

麻理向我招招手,我凑过去,麻理在我耳边小声说:

"我想好了,这次旅行期间就要行动!一定要跟太一君接吻。"

你从副驾驶座上回过头盯着我们说:

"喂,后面两位,在说什么见不得人的话呀?"

音乐切换到了莫扎特的第二章《小步舞曲》。

我装作没听见的样子望着开始动起来的街景。车子进入隧道后,玻璃窗上映出麻理的面容,目不转睛地盯着我的后背的略带悲伤的面容,从夏到秋,这面容成了麻理始终不变的表情基调。我想起海顿弦乐四重奏中另一首四重奏曲目的曲名。

《不协和音》。

这就是那首曲子的名字。

过了新宿,进入中央车道,像在镜面上滑过似的七十五分钟。奔驰平稳得如同银行的地下保险柜。你说莫扎特不好听,放起了派蒂·史密斯①的旧CD。《因为这一夜》一响起,我不由

---

① 派蒂·史密斯:美国创作歌手和诗人,生于1946年,被誉为"朋克摇滚桂冠诗人"和"朋克教母"。后文《因为这一夜》是其作品之一。

自主地用膝头打起了拍子。

麻理说：

"太一君到底还是喜欢这类朋克音乐啊！"

我停住抖动的膝头：

"朋克和莫扎特都喜欢，音乐无分类，好听的音乐都一样。"

"噢——真会说漂亮话！光知道看书，还净说好听的哄女孩，小心以后下地狱！"

你边说边随着音乐摇头晃脑：

"我说，马上就要下高速了。剩下的乡间小路车子少了，让我开开嘛！"

洋次问麻理：

"行吗？"

麻理点点头，看看手舞足蹈的你。

"好吧，但要安全驾驶哟！"

进入东富士五湖道前最后的休息区，洋次跟你换了座位。时间还不到七点，太阳正在慢慢升高。我们后面，玛驰跟了上来，邦彦摇下驾驶位车窗，快活地说道：

"怎样？看我们像不像出来婚前旅行的情侣？"

旁边的直美尖叫起来。

"刚才阿邦就这样，净说些性骚扰的话，我也不坐这小的了，要坐麻理那辆。"

"怎么着！我一个人多没劲儿，美丘，跟直美换换？"

你喝着罐装茉莉花茶说：

"不换！"

拒绝得毫不客气,时机又恰到好处,逗得我们哈哈大笑。

"安全带要系牢！"

你调好没坐惯的奔驰驾驶座,看了看后排座上的我们。方向盘微妙地左右抖动着,车子驶出休息区的停车场。

"嚆,方向盘真稳啊！"

进入中央道车流汇合的加速道时,你说了声：

"走咯——"

一脚踩下油门,感觉后背被黑皮座椅向前猛推一把,仅两秒钟,奔驰巨大的车体便加速到近百公里时速。

"美丘,小心！"麻理提醒道。

你却打断她：

"别担心,就是看看这车的力道和脾性。"

并入主道,你确认周围没有别的车后,反复几次变换车道。方向盘转动灵敏,银色车体以鬼魅般的稳定性紧紧相随。

"呜哇！果然厉害！这车真有意思,不管怎么操作,都像是被车子强行消化掉了,加速也跟卡丁车似的！"

"开什么玩笑！后排座晃得厉害着呢！"

洋次一脸惊讶地盯着你说：

"美丘开得不错嘛！一直是自己选档换档。"

"嘿嘿,那还用说!能加速的东西,我什么都喜欢!十八岁生日那天就去驾校啦!"

东富士五湖道仅有不足十分钟的车程,从山中湖高速公路出口转到普通道路上,又进了环湖路。新绿繁密的对面,碎银般的阳光在水面上跳动。

麻理说:

"啊,到啦。上午在我家别墅大扫除,大家要有心理准备啊!老房子啦,这儿哪儿的净是毛病!"

慢吞吞的轻型卡车,瞬间被你甩在后面。

"有点毛病没问题,有座别墅就够厉害啦!"

音乐换成了 Killing Joke 的《Primitive》,每每想起这次旅行,我的脑海里回响起的旋律不是莫扎特,而是这首乐曲。

## 十九

事实正如麻理所言。

建成十年以上的木屋在湖畔森林中稳稳地扎了根,打开行李前,要用吸尘器将所有房间都清扫干净。麻理说,真麻烦,比起住别墅,还是更喜欢度假酒店。你还记得清洗浴室的时候,一只手掌大小的蜘蛛的出现引起的那场大乱吗?最后用淋浴水硬生生把它冲进了排水口,那情景直让我后脊梁发冷。

分开男女生房间整理完行李,已到午饭时间。我们又分乘两辆车,沿山中湖的环湖路绕行。转一圈大约十几公里,是不至于厌烦的最佳里程。路上看到一家气氛似乎不错的开放式咖啡馆,于是停车用午餐。那天的午间套餐应该是带点八丁味增香味的日式炖牛肉。

我们感受着掠过湖面吹来的风的轻拂,悠闲地享用着午餐。平时只是普通大学生,而此时却生出乔装出宫度假的王子和公主的心境。咖啡续杯后,我们登上木质甲板边上拴着的出租小船。当然,我跟麻理在一起。

我一下一下地用力划桨,小船滑行起来。麻理把手伸向漂着嫩叶的水面。

"水比看起来凉啊。"

太阳高悬在天空正中央,富士山像名信片上画的那样浮上背景蓝天。见我不作声,麻理又说:

"这水跟太一君一样,看起来暖暖的,摸上去却凉凉的。"

感觉话题要转向危险的方向。

"是吗?"

"还记得刚才说的?接吻?"

当然记得,我只能点头。被大美女提出这种要求,我们大学的几乎所有男生都得乐得摇尾巴吧!但不知为什么,我却怎么也提不起劲儿。还没意识到,可能那时我的心思已向你倾斜过去了。

麻理盯着流动的水面说:

"那现在就接吻吧?"

我看了看稍远处的两条小船,邦彦和你正在比赛泼水速度。麻理面带微笑凝视着热闹欢腾的场景。

"太亮了,又有人,不合适?"

麻理一旦确定下心仪的对象,似乎就变得非常直率,对这直截了当得过头的要求,我惶惶然略感沉重。为了不让她失望,我只好违心地说:

"稍后,等天暗下来。"

麻理从水面上扬起手,容光焕发。水珠顺指尖滴下泛起的涟漪,向后方流去。

"等不及到夜里啦!"

我心想"糟啦",但为时已晚,只得惴惴不安地等待夜晚的到来。

午餐后,我们去环湖路上的一家大型超市买回各种蔬菜和肉,海鲜类只有虾。喝的则是红白葡萄酒和威士忌。没买往常喝的烧酒。酿酒厂公子洋次说,在木屋里应选苏格兰风味的酒喝。

富士山的山脚下,太阳一落空气就凉丝丝的。我们放弃室外烧烤的打算,转入客厅在桌上做铁板烧。芝麻酱、橙汁酱油、调味汁轮番上场,感觉吃多少都吃不够,起初堆得冒尖的牛里脊肉、羊肉薄切片很快就吃得干干净净。

我们都醉了,兴奋得忘乎所以,肆无忌惮地胡说八道一通。说到了将来的工作、就职活动、第一笔工资的花法等等,唯独绝口不提严肃话题。只聊同辈人,自由自在、无需负责任的八卦聊得兴高采烈热火朝天,真是一段极快乐的时光。回过神儿来,窗外已漆黑一片,虫鸣声如同首都高速高架桥下一般乱成一团。我说要去洗手间便站起身来,麻理也离席来到走廊上,在我身后说:

"等等。趁大家都在兴头上,不溜出去走走?"

我装得若无其事,但听声音便知她在拼命控制着情绪,那一刻即将到来。

"好吧,去走走。不过感觉挺冷,最好带着外衣。"

麻理抬头看着我,微笑转瞬即逝。

"果然是太一君,冷静又体贴。"

我们没回客厅酒席,直接上了二楼,从行李中取出外衣来到外面。听着森林里的虫鸣,像进了配备有最新音响设备的电影院,感觉到一种聚成墙壁挤压过来的威慑力。

我比平常约会时稍稍用力地握着麻理的手,麻理手指关节突出,什么时候都冰凉,这是末端寒症。两人都没说话,脚步自然而然地向湖边踱去。

静谧的夜。一阵风掠过,吹皱了湖面,昏黑的岸边传来无休无止的水波之声。黑魆魆的富士山只需耸立在那儿便征服了透明的夜空。我们坐在倒扣岸边的小船上,麻理的声音有点颤抖。

"没想到会这么顺利。"

"什么?"

"像现在,只有我们。"

我目不转睛地望着夜空,和东京相比,这里夜空中的星星又多又亮。

"不总是这样吗?"

"出来旅行感觉特别。今晚大家也都一样,不过第一次在同一屋檐下,还能跟太一君睡在一起,感觉这一切就像个梦。"

现在说说我在凝视麻理陶醉欣喜的面容时想起了什么吧。麻理端庄秀丽的面庞后面,环湖路明亮的虚线闪着环形的光亮。

看着比你漂亮许多的面孔,我心里想着的却是美丘你。就算在如此浪漫的时刻,你也绝不会有麻理这样心荡神驰的表情吧!你也不会赋予接吻这么郑重其事的分量吧!说到底,所谓接吻不过是黏膜与黏膜的接触罢了。

然后我突然开始聊各种话题,目的无非是要消磨麻理的决心。我聊学校、聊朋友、聊谁谁谁在床上的失败之谈、聊正在看的书,直到所有话题都聊尽,聊到实在无话可说。无论聊什么都微笑着频频点头的麻理用双手握住我的手说:

"用不着那么紧张嘛!不管弄成什么样,反正这里只有我和太一君,别怕。"

麻理闭上双眼,我在沾满砂子的船底上向她那边靠了靠,靠近到能感受到体温的距离。真是生了一张标致好看的面孔,我在心里冷静地赞叹着,用嘴唇轻触她的双唇算是接了吻。麻理双唇微张,我没伸出舌尖,只是小鸟啄食般在麻理的上唇与下唇上密密亲吻。我把手从她柔软的肩头上移开,两人的脸颊也拉开了距离。

麻理声音嘶哑地问:

"完了?"

我微笑着点点头,同时在心里诅咒自己,因为心里清楚没有比自己的吻更差劲儿的了。没有心跳没有兴奋,像个用于确认友情的吻。怕自己把这种感觉传递给麻理,我慌忙说:

"嗯,好戏留在后面。"

"知道了。我太幸福啦。"

麻理将头靠上我的肩,我嗅到一丝香甜的味道。我们默默无语地久久凝望着夜空映照下的漆黑湖面。

## 二十

　　麻理和我返回别墅时已过了夜里十点,我们装作没事的样子分别走进客厅。你们还在没完没了地说着蠢话,我甚至惊讶,猛一下子加入到醉酒的人当中,才发觉说话声音竟然这么响。邦彦面红耳赤地说:
　　"可算回来啦,该干的都干啦?"
　　我在用过的杯子里重新加上白葡萄酒说:
　　"胡说什么呀!"
　　"跟麻理公主干了 A 还是 B 还是 C? 还是全都干了?"
　　麻理甜甜一笑,说道:
　　"任凭您想象。"
　　你豪放地将红葡萄酒一饮而尽。
　　"太一君再怎么样也不会那么快!何况,头一次就野战,对女士不也太失礼嘛!"
　　坐你旁边的邦彦把你的头发抓得乱蓬蓬的,你拂开他的手。
　　"换美丘的话,头一次就野战也 OK 吧!"
　　"是啊,只要不是跟邦彦。"
　　你笑得那么天真无邪。看着你的侧脸,我的心又剧痛起来。

跟麻理唇对唇接吻的时候都没怎么心跳,而只是看着酩酊大醉盘腿坐在餐椅上的你就如此激情难抑了!

这时,我感到身体中心有什么东西发出声响剥落下来,像是脊柱纵向裂开的声音。听到这一声响,我恍然大悟。我已无法再装模作样地跟麻理谈恋爱了,我爱上了你。

第一晚的宴会在深夜一点半结束。

因为男女生分开睡,一旦进屋就不便再叫你出来了。我一个人先走出别墅,站在羽虫乱飞乱撞的常夜灯下。我掏出手机,选中你的号码,虫鸣之声远比手机的杂音要响亮得多。

"喂?"

"是我,美丘,能听出来?"

你似乎大感惊奇,半晌没回音。

"哎?听是听出来了。"

"有事求你。我现在在别墅外面的灯底下。有话对你说。只要一会儿,能出来?可能的话,别被麻理发现。"

"这个嘛,没问题。麻理说身上出汗不舒服,淋浴去了。我这就去。"

你赤脚穿着运动鞋下了木屋台阶,白色短裤上面是大开领的深蓝色针织衫。看到我,你小跑过来说:

"我顶喜欢这种秘密行动!太一君有什么话?"

望着你开朗单纯的面孔,我突然什么话都说不出来了。我又向刚才的湖畔那边走去。

"离大家稍远点。"

"怎么啦？真奇怪啊！"

我在刚才还跟麻理坐过的小船上坐下。你的个子比麻理矮，你飞身跃上小船，坐在船边。我再次仰望夜空，布满星辰的夜空似乎比刚才更黑更深了。我自己都没想到会说出这些话。

"我想跟麻理分手。"

"怎么啦？这么突然？"

我看着你，你脸上现出不知所措但同时又对什么有所察觉的表情。

"美丘，我喜欢的是你。虽然努力想跟麻理好好相处，但实在太难了。刚才跟她接吻，终于弄清楚了。"

你移开目光，望着夜空下的湖面。

"不接吻就不知道自己喜欢的是谁?！太一君，够特别啊！自己怎样被看待，迟钝得一点都觉察不到？"

你眼中闪出异样的光彩。你的唇比麻理的厚得多，可能因为醉酒，更加红得刺眼。你挑衅似的抿嘴一笑说：

"接了吻就知道是不是真的喜欢不是？来吧，接吻！来尝尝我的吻！"

你话音未落，我就紧紧抱住了你娇小的身体。唇与唇的触感非常柔软。跟与麻理接吻时不同，我们马上演变成启唇缠舌的激情热吻。心痛得难以忍受。你的舌头小鱼似的在我口中跃动,长时间的拥吻几乎让我们失去知觉,我们喘着粗气松开对方。

"该怎么办呢?"

我的声音像是沉进了夜色下的湖中。

你咬着嘴唇说:

"没办法!已经这样了,该怎么办就怎么办吧!想好怎么办前,太一君,来,再亲一次!"

我和你的身体如迎面相撞般又抱在一起,背叛之夜才刚刚开始。我被你身体的热度打动,全身像是化成了一片舌头呆立不动。此时此刻心中所愿,这夜晚永远持续下去该多美好。

害怕天亮后见到麻理,怕得要命。

## 二十一

灰色的空中停驻着数不尽的雨滴。

抬头望天,从中选定一颗,在这颗雨滴落到柏油路面之前,不错眼珠地紧盯住它。被高楼风裹挟,它的轨迹虽然变斜,但那只是短暂的一秒,雨滴落向大地。飞溅起微小的水沫,雨滴又变回打湿整个世界的雨水的一部分。

美丘,如今我也明白了。

只消数秒便从无尽的高空飞落下来,撞向污浊的大地。这就是我们的命运,遍布空中的每一颗每一颗雨滴都是我们自己。跌落到什么地方、摔碎成什么模样,无法做出任何预想,仅有被风卷落的数秒生命。这就是人的一生。

极端性急的你,先于我早早地落向地面。不过,我已不在乎这时间差了。留给我的时光,也并非多么漫长。什么时候轮到我去你那边时,我们再一起生活!

两人化为一滴水,用幸福湿润整个世界。

东京梅雨季节的天凉飕飕的,五月底盛夏般飙升的气温又被拽回孟春之时。我愚蠢地在心底某处以为,梅雨的到来是自己闯的祸。

心已完全被你迷住,人却以害怕伤害到别人为由继续装模作样地与麻理交往着。如果有乌压压的黑云,即便在天上,太阳也会被遮挡住。一天之内,我有时会接连约会两次。

你还记得吗?那个雨天,表参道开放式咖啡馆开放廊檐区被厚厚的防雨塑胶布包覆着,透明的屏风上污迹斑斑。我们呆呆地望着有水滴连成线流淌而下的塑胶布,你突然说:

"接下来要跟麻理约会?"

我默默地点点头。

"已经习惯这种情况的我倒还好说,反正跟有女朋友的男生交往又不是第一次,可麻理肯定会伤心的。"

我无言以对,啜了口凉透了的拿铁咖啡。你在椅子上直了直腰,那动作跟无聊的猫儿在沙发上伸懒腰如出一辙。

"这种事情越趁早做手术越容易吧,该快刀斩乱麻的时候就该痛痛快快地斩断。"

眼前的你像要砍掉谁的脑袋似的斜斜地抡着一柄不存在的刀。

我愣愣地盯着你:

"不是自己的问题说起来都简单,如果邦彦他们来找我拿主意,我也会说赶紧做个了断!可麻理人太好又太投入,我甚至都想该把你这满不在乎的劲儿分给她一些。"

你缩了缩裹在镶有人造钻石 T 恤里的肩。

"所以说,越磨磨蹭蹭地拖着不告诉她,到头来给她的伤害越大,这不能说成是不忍心。算了,这是太一君自己选择的方式,我倒无所谓。"

我将目光从被雨水淋湿的表参道上转向你:

"美丘为什么能这么镇定自若?遇到这种情况,大多数女生不都会因为忍受不了而精神失常吗?"

你露齿一笑,戳戳我的肩膀说:

"因为我知道很确切的一点。"

故弄玄虚的台词。换成别的什么人这样说,我肯定会对其嗤之以鼻,然而这话从掐着计时器分秒必争地生活着的你的嘴里讲出来,就有一种奇妙的说服力,这真不可思议。

"大家都不知道,唯独美丘知道的是什么?"

你半合双眼,像尊古旧的佛像那样笑着,不分男女,超越性别的微笑。

"时间不存在永远,我们都像点燃的导火索一样活着。就算这么极普通的一天也是租借来的,不知什么时候就会有人来把这借来的时间统统收缴回去。"

你在桌子上使劲儿一抡胳膊,做了个袭击的动作:

"死神也好天使也罢,那厮一来,我们全玩完!以为能永远活着的家伙,就是在做白日梦!只有我一个人,三更半夜都清醒得很。"

你向远处的侍应生招招手,要了卡布奇诺续杯。腰系黑围

裙的年轻侍应生走开后,你转向我:

"看到了?那屁股很有味道。"

你说话总是毫无章法,本来很严肃的话题突然就失控转为性爱内容,而此时的你又恢复了认真的表情,像刮过一阵旋风。

"不过,我也晓得躺在床上做梦有多惬意。尽管我一人独醒,但并不想硬生生地把大家都拽起来。怎么说呢?一直保持这种三角关系也行,我当老二完全没问题。我说太一君……"

你一脸严肃地盯着我。

"太一君身上本来有些长处,但太一君总想装成普通人的样子,躲在众人当中,于是就极力隐藏。其实按自己的意愿,按自己喜欢的活法活着就好。明白吗?"

听起来像离别箴言,我招架不住你的认真劲儿,开玩笑道:

"按自己喜欢的活法活着?像谁谁谁那样勾引人家的男友?"

你重重地捶打着我的肩膀。

"胡说什么!你这脚踏两只船的家伙!"

离别之时,看起来就像对情投意合的恋人吧。我们不约而同地放声大笑,那是种如履薄冰般胆战心惊的笑声。哪怕仅仅一步不小心,就会堕入冰冷的深川。

## 二十二

人心为什么偏要反其道而行之呢？

在你说完一直保持这种三角关系也没问题的第二周，我决意跟麻理摊牌，不愿照你说的那样再耗下去了。想让什么人干什么的时候，姑且反着试试即可。这是从你那里学到的使坏智慧之一。

约见在雨中的涩谷。周六下午公园街PARCO门前，人群如雨滴般密密麻麻。我撑着伞站在那儿，脸上的阴郁到了无以复加的地步。今天必须提出分手。完全没有什么被她伤害的理由，相反，因为自己的不是，很快就要给她造成伤痛了。

我在心里莫名地狂叫着，试图快快逃离这个地方。麻理比约定时间早到了五分钟。尽管天公不作美，她仍穿来一件我从没见过的夏款裙装，装饰有荷叶边和蝴蝶结的露肩雪纺裙，这款凸显女性气质的裙装非常适合麻理。白色凉鞋欢快地登上坡道。见到明显比你漂亮许多的麻理，连自己都觉得自己不正常，我竟对如此美女无动于衷却喜欢上了你！

"早来了？"

麻理脸上没有一点怀疑的表情。见我摇头，她不好意思地说：

"不知道下次什么时候能再见面，下雨天也把新衣服穿出来了。"

"哦，跟你很配。"

麻理靠近我的伞，像要把我看穿似的抬头盯着我。

"新的不光是裙子，里面也是。"

新内衣啊！我内心焦躁不安，无论如何也得鼓起勇气，照现在这情势发展下去，我是不可能拥抱麻理的。我们背后，雨天的情侣们如同流入排水沟的雨水，消失在时尚大厦里。撑着伞一动不动的只有我和她。世界像电影慢镜头那样移动着。

"有话跟麻理说。"

仿佛不是自己的声音，老人般嘶哑，麻理笑笑看着我，好像在问："什么呀？"我现在就要伤害、击碎这张笑脸，麻理再也不会以这样纯真无邪的笑脸面对我了吧！

"我喜欢上了别人，不能再和麻理在一起了。"

如同高速播放的花朵枯萎的画面，眼前，温情与好感从麻理的笑脸——这硕大的花朵上消失殆尽，光嫩鲜美的花瓣变成了与涩谷上空的阴云同样的灰色。

"怎么会……"

一旦说出口，我那苍白无力的说辞就停不下来了。

"老早就想对你说，可一是麻理太有魅力，二是实在没有勇气说出来。对不起。"

她全身无力,像在短短一瞬间老了十岁。脊背塌下来,连纯白的夏款裙装似乎也染成了灰色。

"那人,我也认识?"

不管怎样隐瞒,早晚会有瞒不住的一天吧。从干渴的喉咙里冒出的是背信弃义的回答。

"是,很熟。"

麻理敏感地绷紧脸,皱起了描得极漂亮的眉毛。可以明确地说,麻理此时的美,是你无论如何都不能企及的。

"莫非是美丘?"

麻理说出你的名字时,声音极其微弱嘶哑,就像在谈及位于不知何地的远方高原上的低缓的美丽山丘,美丘。

"对不起!都是我不好。一开始,没喜欢她也没讨厌她,一直对麻理一心一意。可今年春天,全都变了。"

我在雨中语无伦次地说着。

"麻理,对不起。你个子高、漂亮、身材好、有头脑、声音甜美、待人体贴,你聪慧、温柔,不管是谁,跟你交往的男生肯定都会幸福。"

麻理仍目不转睛地盯着我,瞪得溜圆的眼眶里噙满泪水。

"可太一君跟我在一起并没幸福呀。为什么我不行,美丘就可以?!"

这连我自己也弄不清楚。无论怎样对比,麻理这边一切条件都具备。你拥有而千金小姐麻理却没有的东西是什么呢?或许是能够一瞬间燃尽生命焰火的生机勃勃的生命力？弄不清楚到底是什么,应该就是那种活在当下的感觉。不过这些话我一句也没说出口。

"对不起。我自己也完全弄不清楚为什么会被美丘迷住。比我好得多的男生一定会在麻理面前出现。"

这句话让麻理眼神骤变,她怒视着我,任凭泪水夺眶而出滚落成行也毫不理会。

"明白了。那我们无论如何都得结束是吧？既然这样,我最后有个请求,太一君。"

麻理的目光不再充满柔情,双唇也向前紧紧绷起。她的这幅野性面孔,在为时不短的交往中还是头一次见到。我被她的气势镇住了。

"能办到的事,什么都行。"

"今天就跟我上床！我对你的身体一无所知,你也根本没见过我的身体,我不接受这么一无所获的分手！"

这突如其来的要求,让我的大脑一片空白。被麻理这样的女生提出性要求,感觉不为所动的自己像另一个人。我叹息一声,冷静地对麻理说:

"不可以这样。跟你分手后,说好要给美丘打电话,我们俩走不下去了。"

麻理撑着伞,身体在雨中颤抖。愤怒也会使女性显示出如此魅力。我竟不合时宜地对此感叹不已。

"太过分了！太一君！现在美丘在哪儿？"

还记得吗？你说你不愿意在某个店里等。

"涩谷公会堂附近,应该在过街天桥下。"

麻理听到这里,当即像要向坡道进军似的,甩开大步抬腿就走。雨伞摇晃着,裸露的肩头已被雨水打湿。麻理看都不看我一眼,也不管雨水淋身,直奔公园街。

"等等！你要怎样？"

我慌忙向麻理追去。等信号灯时麻理掏出手机,选中你的号码。麻理的声音冰冷尖利:

"美丘,都听太一说了,你现在在哪？"

手机听筒的漏音,你的声音响得出人意料,尽管内容听不清,你说话的语气可一清二楚,干脆痛快的机械式应答。

"知道了。待在那儿,我马上过去。"

我抓住麻理撑伞的右手。

"你要怎样？找美丘兴师问罪可不是麻理的作风！"

麻理生硬地大笑起来。

"我的作风太一君并不喜欢不是？反正要分了,就由着我的性子来吧！太一君抱都没抱过我,跟美丘却什么都做了吧！"

雨中十字路口等红灯的人齐刷刷地看向我们,我的音量自然地降了下来。

"根本没做那事,美丘不是那样的人。"

麻理带着哭腔喊叫道:

"别在我面前护着美丘!"

站在旁边的一对高中生情侣,用轻蔑的眼神乜斜着我。我恶狠狠地瞪了穿白衬衣制服的男生一眼。虽然对方立刻移开了视线,我却丝毫没获得满足。

# 二十三

你站在过街天桥阶梯下一块窄长干燥的地方。身穿华贵的夏款裙装的麻理跟牛仔裤配一件T恤的你面对面了。在身材高挑体态优美的麻理的对比之下,你是那么的孱弱寒碜。我依旧撑着伞,无能为力地站立雨中。

你似乎已做好心理准备,毫无惧色地迎视着麻理怒火熊熊的目光。

"对不起,麻理。我非常非常喜欢麻理,没想到弄成这样。"

麻理好像不知道该把两只长长的胳膊放到哪儿好了。一会儿双手握伞,一会儿又把一只胳膊背到身后,显然极度的愤怒使她无法冷静下来。

"知道我跟太一君在交往还亲近他?!"

"美丘她……"

我刚要插嘴解释,麻理像抽了一皮鞭似的对我厉声叱道:

"太一君闭嘴!"

你看着我点点头。现在最好依着麻理,毕竟此时受伤最重的是她。只看眼神,便清楚你在想什么了。说来奇怪,在几个月的交往中,麻理和我一次也没有过仅凭眼神交流的情况。

"没有太亲近的意思。最早确实觉得太一君人不错,可他怎么说都是有了麻理这么优秀的女友的人嘛!"

"那谁先勾引的谁?"

我正想说是自己,你用眼神制止了我。

"是我。给麻理买礼物要开始交往时。"

麻理正用指尖摩挲着挂在脖子上的银龙,听到这里当即扯断项链,扔向湿漉漉的人行道。

"那么早就偷偷地见面了?!亏我还诚心诚意痛痛快快地欢迎你加入我们!"

你不住地道歉,矮小的身体显得更矮更小了。

"对不起!我不拿伤害男生当回事儿,可我真的很讨厌对可爱的女生做出过分的事情。我自己都不会原谅自己!但对太一君,不是玩玩,我是真心的!这几周真是难熬!"

麻理朝我这边看了看,双眼含泪凄然一笑。

"我比你更难熬!不知道自己是不是被真心爱着,一直担心得不得了。不就是担心这一天会来?!担心啊,担心得不得了。太一君就算跟我在一起,眼睛也老是看着别处。到头来还是这样对我,那担心是对的啦?!"

"对不起,麻理,你想怎么对我都行。"

麻理闻听此言,将投向我的目光缓缓转向你。凭直觉我感到危险来临。麻理全身颤抖,无处释放的怒气仿佛要冲破身体的某一点发泄出来。不愧为冰雪公主,麻理的声音冷静到了最后一刻。

"美丘,你真不要脸!"

麻理抡起长长的右臂打中你的脸。你脸上大范围地红起一片,一缕血水也流淌下来,可能是麻理的指环撞上你的颧骨。她看到你的血后仍面不改色。

"我决不原谅你!"

麻理脸上现出凄绝的笑容又转向我:

"什么时候厌倦了美丘的胡作非为再回来也无妨,我永远爱太一君,让你自由些日子!"

言罢,麻理撑开伞,走向雨中的公园街。我目送她的背影消失在人流中,麻理没回一次头。想必她的自尊心不允许她回头吧,她的后背挺得冷峻笔直。麻理任何时候都不会为爱一个人而舍弃自尊的。

我走近你,从牛仔裤屁股口袋抽出印花手帕,想要为你拭去脸上的血迹,你像忍无可忍似的大叫:

"太一君跟麻理都是一个样!能更自由更随心所欲地活着该多好!讨厌我的话,狠揍我一顿就是嘛!"

"你没事?"

白手帕咝地吸进血渍。

"当然不可能没事嘛!"

这次你的右手以眼力无法捕捉的速度扇了过来,一股热辣辣的冲击像盖下图章似的留在我脸上。我惊愕地呆立着,你的行为完全出乎我的预料。

接着你飞扑上来,两手挟住我的脸吻上双唇,是几乎透不过气来的深深舌吻。你松开手说:

"这样就扯平了!每人都挨了一下子。我说太一君,今晚一直喝到天亮吧!"

不坏。目睹了麻理的怒容后,完全没了跟你卿卿我我的心情。

"好啊!我也正想喝个大醉!"

你抬起头来,不怀好意地盯着我。

"对,我还想跑个痛快!"

"陪你!"

你将透明塑料伞随手一扔,像个小男孩似的眼珠直转,两手叉腰。

"赛跑吧!怎样?谁先跑到公园街坡下算谁赢。终点在丸井拐角,输了的今晚酒钱全包,行吗?"

我刚一点头,你就猛地大叫起来。

"Ready! Set! Go!"

你伞也不撑,在涩谷的雨中拔腿就跑。兜满风的白色T恤后背摇摆不停。短发宛如雨中盛开的花朵。

"等我,美丘!"

我从柏油路面上捡起雨伞,踏着碎步追向躲避着人形障碍物奔跑的你。小学以后就没在雨中狂奔过。感受着雨点落上额头的清凉,冲破风雨一路飞奔,活在当下就是这种感觉!

　　与你共度的十三个月中,你从未放缓过生的速度。谢谢你,美丘!你燃尽生命之火,只为告诉我,活在当下!无论何时无论何地。

　　哪怕在雨中,想跑就跑。有了心仪的男人,无论多困难也要去争取,不反省不后悔。在手中紧紧握住像从沙漏中漏出的时间,在胸前烙上闪光的记忆。

　　我在雨中追向你的背影,跑着笑着,这是与你共度的最后一个梅雨季节里最鲜活的回忆。

## 二十四

美丘,七月是你我最甜蜜的季节。

梅雨还没完全过去,潮湿的日子仍在继续。不过,你和我都不在乎天气怎样。雨要下就任凭它下个够,我们全然沉浸在恋爱之初的激情当中,以两人之力将全东京的雨水彻底蒸干——火热甘美的七月甚至让我们有了这样的决心。

每天清晨起床、吃早饭、去学校,坐在摇晃的电车上都感到前所未有的幸福,甚至在灰不溜秋的地铁里也能看到流光溢彩。只要去青山校园就能见到你,不只是看看手机短信,而是能见到实实在在的你。只要想起你,便情不自禁地笑起来的那个季节,始于我的第二十个盛夏之初。

我跟麻理分手,与你谈起恋爱。这的确在我们的小圈子里掀起了一阵波澜,但麻理到底是公主殿下,她捍卫着自己的尊严,决不饰演悲剧女主人公的角色。尽管避免单独与你相处,却也从未在有其他成员在场时撕下冰冷的假面。她冷静、礼貌、沉稳,还有永远不变的美丽。心中的伤痛与愤怒都被精心地包进包装纸,用笑脸隐藏得严严实实。

有时她会向我投来极度悲痛的目光,说老实话,这时候我最为窘迫难堪。不过,我已懂得,选择什么人也就是伤害什么人。必须永远拥有这份勇气,必须能够承受这种罪恶与伤痛。这是我生来第一场正式的恋爱,守护自己的同时,也一点点地爱着什么人。我不想逃避,我要将因恋爱而产生的所有正面和负面的东西由自己的身体全盘接收。

拜你所赐,本以为不可能的恋情成为可能。此前我一直是个胆小鬼,一直逃避爱上什么人。我谁也不爱,觉察到被谁爱时,便慌不择路地逃开。当然,我还没向你道过谢,因此,在这里我要小声对你说:

谢谢你,美丘。

从那个七月的午后起,我从未因爱上你而后悔过,我也从未忘记你向我袒露秘密时的勇气。甚至就连你并不怎么窈窕的身材,在这一刻也变得相当完美了。

来,说说那天的事吧。

说心里话,我非常愿意说起这件事。说说你我初次结合的七月,说说我们的灵魂与肉体结合在一起,"直到死亡将两人分开"的那一天。

我还天真地以为,我们的恋情会永远永远持续下去呢。


七月十五日是我们大学上学期考试的最后一天。

虽说我跟麻理分手与你热恋,但肉体上的接触却在全力控制着,那时还仅限于接吻。当然并非刻意禁欲,只是害怕。性爱有着雪崩般迅猛的势头,一旦跟什么人来一次,再想止住那势头则比登天还难,就像要用双臂来承受因欲望而融化的数万吨积雪。我注定将会彻底沉迷于你的身体中吧。

因此,我提出上学期考试结束前决不上床,你勉勉强强地表示理解。其实我跟麻理分手后,你当即就说了:

"来,太一君,上床吧!跟我在一起,用不着想太多,马上就能干!"

每次被这样怂恿,我的心都给撩拨得怦怦直跳,我佯装生气地说:

"这可不行啊!美丘好歹也是女生,不能老是'干啊干啊'地说个没完啊!"

于是,应试学习的两个星期和考试期间的两个星期我都一直忍着,可这也是有限度的。能请你想象一下我们星期五的约会有多重要吗?我在学校咖啡厅等你,身穿崭新的T恤与刚刚洗过的牛仔裤,连平角内裤都是新的。考完试满脸快活的学生们笑着从玻璃窗外面走过。第一节课会计学A考完后,我上学期的考试全部结束了。第二节课,是你的心理学通史考核,到中午这门考完,我们将正式从考试的阴霾中解放出来。

从现在起几个小时后,我将首次欣赏我喜欢的女人的身体,首次触摸隐藏在衣装下的肌肤。一个二十岁的健康男生的脑袋里,相当于一场超级台风的妄想在乌压压地不断涌出。为给这想象的热力降降温,我连喝了两杯冰镇牛奶咖啡。

"等很久了？"

因为脑袋里塞满胡思乱想，现实中的你反倒被我看成了幻影。刚刚过膝的卡布里七分白色短裤配脚后跟外露式样的白色高跟凉鞋，带有热度的视线上移，白色背心上面披着淡蓝色的透明开衫。你倒背双手笑起来。

"嘿嘿嘿，心神不定，根本沉不下心来考试呢！已经等不及要干了……"

我几乎要跪下来哀求了：

"求求你，今天转到可爱模式上吧，'干'啊'色'啊这类的词儿就别说了，千万别毁了我的梦。"

怀抱课本的女生经过桌边时，可能听去了只言片语，向我投来冷冻射线般的目光。

"都怪美丘，遭人白眼了不是！"

"没什么没什么，今天有好事嘛！先去吃饭！不先喂饱肚子可不行！"

就像运动之前的营养补给。我的眼神可能有点悲戚，你挽住站起身来的我的胳膊：

"说'喂饱肚子'也不行？太一君对措词的要求太严格了吧！跟干那事儿一样！"

"说好不说'干'了嘛！"

"不说啦不说啦。"

## 二十五

我们去了涩谷西班牙坂的意大利餐厅。这家店口味价格都一般,唯有供餐量相当惊人,因此餐厅里总是挤满了饭量大钱袋小的学生。在盐味白意面配番茄酱拌成的红色意大利面上,加上炸嫩牛排又浇上一杯香槟酒。

"香槟又甜又爽真是好味道!"

你用餐刀沙沙地切着炸嫩牛排薄薄脆脆的挂糊开心地笑着,双唇因润唇膏和蹭上的食油而显得油光溜滑。再过一会儿,就能亲吻这双唇了。

见我看得发愣,你说:

"别那么盯着看,现在又在琢磨色……不正经的事儿不是?"

我点点头,进一步观察起你双唇曲线的复杂度来。

离开餐厅时已过了下午一点。暑假临近,平日里涩谷的人流也跟上班高峰期一样。大甩卖还在持续进行中,手拎购物袋的女生们格外引人注目。我们挽着胳膊,随着瀑布般泄下的人流飞快地走下西班牙坂。

在盛夏的烈日下,我们穿过中心街,过了文化村大道。这时,你我的胳膊上都黏糊糊地沾了一层汗。即便如此,也没感到丝毫不快。如果对方是男的,我可能早就把他推搡到一边了,但自己心爱之人的汗水却非常美好。从东急百货的十字路口缓缓走上酒店街坡道,大白天也照不进阳光的狭窄小巷两侧,林立着各式各样别出心裁的酒店。

"选哪家呢?听说五点前是优惠时段。"

你朝神色紧张的我笑笑。

"只要店面新、干净,哪家都行。"

可能是平日午后的关系,哪家酒店都亮着有空房间的蓝灯。我们选的是建在接近道玄坂顶端的度假村式样的酒店,红屋顶白色灰浆墙面,种在正面入口两侧的四棵椰子树几乎要探出到街道上。我看看你,你点点头用眼神回答我不错。穿过玻璃门,里面是呈放射状铺设着大理石地面的厅堂。房间照片显示牌上有一半以上亮着灯。

"选哪间?"

我们像盯着大象笼子看的小孩子,抬头浏览着挂在墙上的显示牌。你对比着各个房间。

"头一次嘛,选最好的房间!"

我们选定最上层的阁楼,这房间的休息费用相当于其他房间的住宿费。在前台领到门卡进了电梯,我按下最上层按钮的同时,你扑过来搂住我的脖子。

"二人世界总算开始啦!"

你的双唇凑上前来,闭目合眼双唇微张。你的舌尖非常柔软,和我一样都带有番茄酱的味道。

走进阁楼,我们反而不那么亲热了。因为还没习惯孤男寡女同居密室,突然不好意思起来。房间很宽敞,差不多有二十个榻榻米大小吧。铝制窗框外连着木廊阳台,阳台上摆放着两张白色躺椅。

"哈哈!连这都有!感觉不是情人旅馆,倒像个一般的度假酒店啊!"

你在床上试探着床垫的硬度说,又借助反弹力一跃而起,赤脚走向房间里面。

"再看看浴室!"

我跟在你身后,仍不敢相信眼前这后背即将属于自己。

"哇——真宽敞。光这间浴室我就能在里面过日子啦!"

圆形波浪式浴盆大到五六个人可以轻松共浴。你麻利地开始向浴盆加放热水,摆手拨弄起水花,抬眼问我:

"一起泡?"

我摇摇头回到寝室。你实在太可爱,可爱到几乎让我窒息。

我先冲了淋浴。浴盆过大,放满热水花时间太长。我调弱室内灯光,钻进床单下。我只能听到自己的心脏剧烈跳动的声音,感觉胸腔里像是生出了两三个心脏,都在自顾自地跳个不停。

你一脸严肃稍带怒容地从浴室里走出来,湿淋淋的身上缠着白浴巾。你站在床边,身材娇小得看起来像个未成年人。都怪我自己太紧张,说了句蠢话。

"紧张?我还以为美丘习惯这样了。"

你瞬间面露凶相,没解浴巾就跳上床,将全部体重都压到我身上,压得我气都喘不动。你隔着床单捶打我的肩膀。

"当然不习惯啦!虽然我不是处女,但和一个头一次在一起的人肯定紧张,跟第一次一样心慌!太一君真迟钝!"

"对不起。"

"算啦,亲我就饶了你!"

你一边解开浴巾一边像只松鼠似的溜进床单底下。最开始我全身感受到的是你身体释放出的热量,这热量渐渐迫近,很快遍布到我凉凉的身体上的每一寸肌肤,就像直接抱紧了夏日的阳光,甚至整个太阳!

我按你的要求全神贯注地亲吻你,口舌并用地起劲儿吻你,然而此时往后的记忆却不知去了哪里。如果集中精神,说不定能够回忆起那时的身心动态,不过,现在没这份心思。恍恍惚惚却又极其美好,也许就想这样铭刻在记忆之中吧!

拥抱一个人会积累这么多经验!有生以来第一次,我通过你真正体会到了性爱的丰富与精彩。

我们的初次体验相当客套内敛。首先,相互之间还不太了解对方的身体,再者不想让对方觉得自己过于出格。我甚至觉察到就连一贯我行我素的你,都紧张得浑身打战。

当一切终于结束时,我松了口气,感觉像是没出什么大错地通过了一场难度极高的考试。虽说也有喜悦和成就感,但最主要的感受是放下了心。

你将头枕在我胸前,仰视着昏暗的天花板。

"谢谢,太一君。"

你突然说出女生常说的话,我大感意外。

"怎么啦？不像美丘说的话。"

"我太开心,无论如何都想说声谢谢,因为太一君很可能不会跟我有第二次了。"

简直就像坠入五里雾中,我们才刚刚亲热了一次。你慢慢拨开后脑处的头发,那儿有一道旧伤疤,像条细长的白色小路。

"伸手摸摸,我的头发里是不是有条小道？"

手被你抓着,你用我的手指描着那条伤疤。你的声音像是从漆黑的酒店寝室一角冷冷地传来,语声冷峻得跟平时的你判若两人。

"我只对真正喜欢的人说过这事,太一君是第二个。我在上幼儿园大班的时候出过交通事故,已经一点也不记得了,好像头被猛烈撞击后做了手术,又住过很长时间的院。事故过程中受的冲击、手术时的疼痛完全没印象,不过请了很多假可以不去不喜欢的幼儿园倒是挺高兴,小孩子心里光有这种记忆。"

我从那道白色伤疤上移开手指,轻轻抚在你一说话就上下律动的白皙脖颈上。

"好在手术进行得很顺利吧!已经是很久以前的事了,美丘也完全没有不正常的地方。"

你凄楚地笑笑。

"手术算顺利吗?活成现在这样。"

有种极为不祥的预感袭来。赤身相拥的你仿佛瞬间远离到了手不能及的地方。我胳膊用力,紧紧搂住你。

你淡淡地说:

"我的头骨凹陷碎裂了。脑与头盖骨之间有层叫硬膜的东西,这层较硬的膜也破裂了。那时候要修复硬膜,只能通过手术移植人的硬膜这一种途径。就是像创可贴那样粘上,现在似乎能用人造材料了。"

你声音低沉,像是发自井底的声音,从我的胸前传来。

"上幼儿园的我移植的是从德国进口的干燥硬膜,叫冻结干燥硬膜,因此可能会造成感染。给我做手术的医院的过分之处就是,明知冻结干燥硬膜有危险,为用尽库存还一直将其用于手术。在我前面做手术的有四个人,其中三个人已经死亡,剩下的一个今年春天已经发病。"

你做了个深呼吸,我也做了个深呼吸。我们想把这可怕的事实向后拖延,哪怕拖延一点点也好。我注视着平生所见的最

勇敢的人,你坚强地笑笑:

"克罗伊茨费尔特-雅各布病①,没有治疗手段,潜伏期十年二十年都有可能,何时发病也不得而知。而且一旦发病,大约三个月,脑就会变成海绵一样的空洞继而死亡。"

无泪。这可爱的小脑袋里也许就有可怕的病原体在蠕动。我拼命将你的头搂在怀里,你竭力让语调开朗快活:

"不过放心,太一君,我可能没被感染,而且这种病也不会通过性传播。"

几滴暖暖的东西落在我胸口上,你压低声音哭了一会儿。

"已经没心情跟可能得这种病的女生谈恋爱了吧?不晓得什么时候会死掉,也不清楚什么时候会忘记爱人的面容。明天在校园里碰面时,装作什么事都没有过也无妨。上次对另一个人说起这事,他果然受不了,最后消失了。不想因为生病的事让太一君难过,这几周真开心!就算太一君只有今天愿意抱我,我也非常幸福了。"

如同梅雨终了期的雨,你无声地哭泣着。泪水积存在我锁骨的洼凹里,我的眼中也涌出几滴凉丝丝的泪滴流向耳边。我们痛哭着紧紧拥抱在一起。

美丘,我要感谢你向我坦白一切的勇气,但我想我接下来显

---

① 克罗伊茨费尔特-雅各布病:人类克雅氏病,俗称疯牛病、CJD。后文的BSE即牛脑海绵状病,疯牛病的简称。

示出的勇气也不逊色于你。我拭去泪水,撩起你的头发,从一端到另一端像要将它彻底擦净似的,柔情地亲吻着那道白色疤痕。

你说声谢谢泪流不止。

我也说声谢谢泪流满面。

然后,我们又亲热了一次。

# 二十六

下午五点刚过,我们离开酒店回到涩谷街上。虽然度过了如此沉重的几个小时,街上依然明亮如初,购物人流一如既往地混乱拥挤。我甚至对这番景象生出一种强烈的烦感。

在你坦露病情前后共亲热两次,我已累得精疲力竭。尽管身体极度疲惫,心里却异样火热,有抛下一切、嘴里胡乱喊叫着跑上涩谷街头的冲动。你已变回平时那个美丘,刚才还在我胸前哭得像个泪人,现在却没事人似的说:

"太一君,我想吃冰激凌,要巧克力糖汁黏糊糊地浇在上面的那种热巧克力圣代。我知道有家好店,去那里吧!"

你笑着只强调黏糊糊这部分,因为直到刚才我们还黏糊糊的。我们沿道玄坂坡道飞快地冲下涩谷街,情人旅馆所在的小丘渐行渐远。要与她在一起,要尽可能长久地与她在一起。每踏出一步,我心里都更进一步加深了这一信念。

这就是你我间七月中旬发生的事。梅雨间歇期闷热的下午,上学期考试最后一天傍晚发生的事。得知一切后,我没有犹豫。并非要与你一同赴死,而是要与你一起生活。牢牢抓住生活的每一个瞬间,真真正正地活在当下。

我们的夏季真正开始的那天,我幸福得像要将自己燃尽。美丘,虽然没问过你,但我知道你肯定也会有同感。因为那天我们见过的所有景物完全相同,你我身处世界的中心,我们用爱情和勇气的力量使世界旋转。误会误解之类的话,我不允许任何人信口开河。

事实上,分开你的发梢亲吻那道疤痕的一瞬间,我已让世界旋转了一圈。

因为这个吻,我选择了我们两人的未来,对一切伤与痛说"YES"!

对此,时至今日,我仍无怨无悔。

## 二十七

八月是热带的夏天。

一出梅雨季,东京的天空就变成了一块巨大的蓝玻璃,没有污浊没有瑕疵没有犹疑,如你一般晶莹透明。仰望深不见底的晴空,就像在凝视你睡梦中的面孔,有种没由来的想哭的冲动。

擦亮的玻璃般不见一丝阴郁的天空正中央,悬浮着灼目的热量块。阳光不是使肌肤感到热辣,而是在刺痛肌肤。在所有人都想躲进阴凉的那个季节,我们却总是手牵手漫步在太阳下,像在用日光对寄居于你大脑深处的恶魔进行消毒。

酷热根本不是问题。你我之间有着不亚于燃遍天空的太阳的情热。我们每天见面,见面后一定紧紧相拥。感觉像用我们自己的手解开了人类世世代代维系生命的快乐秘密。大汗淋漓地走在涩谷街上,竟生出你我两人已变身亚当与夏娃的心境。

这或许是对的。正如我们都仅有一次生命,快乐也总是仅有一次。尽管被遍布网络、邮件内的海量即时信息所包围,我们在恋爱方面无论何时都还是原始人。让因爱恋什么人而跳动的心鼓荡胸间,让连接两个人的秘密快感陶醉身体。这是种神奇的力量,久经反复仍不失新鲜。生命的秘密,并非储存于数字信息的汪洋中,而是潜藏在连明天都无法预知的柔弱身体里。

美丘,我们最后的夏季正迎来最热的时期。一起生活一起工作,第一次租房的夏季。我能充分留下你曾生活过的证据吗?至今,每到深夜时分,我还一边凝视着数千张数码影像,一边在想你是不是并没以这样的表情开怀大笑过;至今,我还为图像传感器无法映现你胸部的柔软而心有不甘。

尽管如此,我还是从那个夏日起成为你生命过程的记录者。像颗闪耀的流星燃尽光芒划破夜空。你一定会难为情,但千真万确,你就像那颗流星,而我几乎每天拥抱着你活在焦虑当中。

这就是你我最后的八月经历的一切。我们相拥相依,试图阻止时光的流逝。我们点亮灯火不中断任何一刻的快乐之光,期待实现陷入绝望中的愿望。

还记得吗?美丘,我们决定两人一起生活而非各奔东西的那一瞬间。


进入八月后的最初几天,我们两人的银行存款均已触底。几乎每天约会每天去情人旅馆开房也在所难免。那天我们开的不是第一次那种豪华房间,室内面积的一半以上被双人床占据,是个几乎伸手就能触到两侧墙壁的狭小单间。

你赤身趴在我身边,喝着从外面带进来的瓶装水。你白皙的后背笔直挺拔,像条白色跑道。我抚摸着你汗津津的短发,这成老习惯了。通过手的抚触,哪怕能稍稍抑制一点破坏你脑的异常蛋白感染因子①的增生也好。这一心情不知不觉中变成了手的抚动。

亲热过程中,我从不去想你的病情。但当一切完结时,在那种倦怠中,诸多可怕的念头便不断涌入脑海。克雅氏病的发病率大约为百万分之一,通常多半在四十岁以后发病。考虑到你在脑外科手术中被感染的情况,属医源性药害雅各布病,一旦症状发作将无法治愈及控制。没有治疗手段,也没有特效药物。引起突发变异的感染性蛋白质会杀死脑细胞,脑内会布满像海绵那样的空洞而致人死亡。

其症状也令人胆战。首先从头痛及步行困难开始。在电视上见过脚步蹒跚无法站立的小牛的新闻画面吗?人也会出现相同症状。接下来的几个月,思考能力丧失,记忆受损,作为一个人独有的全部个性都被破坏。因小脑功能也遭到损毁,行走、言谈、欢笑、相爱,所有这些都不再可能。

聪明的研究人员把这种最终将堕入的黑暗世界命名为"无动性缄默",一个令我恐怖的名词。不能说话也不能活动,最后连吃喝也不可能了,或者饿死,或者因呼吸肌衰弱引起窒息或肺炎。无论哪种形式,雅各布病带来的缓慢死亡却又以势不可挡的执着实实在在地逼近了。

我对涩谷情人旅馆昏暗的天花板怕得不得了。幻觉、麻痹、

---

① 蛋白感染因子:全译名为蛋白质性感染颗粒。

发病、昏睡。在图书馆读过的医学书籍里的这一节漩涡似的盘桓在天花板上。

"哎,太一君,还剩多少钱?"

你天真的问话将我拖回现实。

"一点儿没剩。每天开房,当然的啦。"

你噌地支起上半身,坚挺的乳房下侧的弧线煞是可爱。

"每次约会回去的路上,我都难受得要死,说不定明天就见不着太一君了!我说这样太麻烦,干脆一起住呗!"

我们还是大学生,两人都跟家人住在一起。虽然喜欢你,但同居还没考虑过。

"不是说过没钱了嘛!租房子、买生活用品、交水电费这些可都得花钱啊!"

你的表情倏地变了,变得像没有一丝风拂过的水面,这表情一般出现在你思索病情的时候。

你把头靠在我肩上说:

"钱的问题总会有办法解决。我爸妈也清楚我的雅各布病,有没有明年都是两说的事嘛,张嘴求他们的话,肯定能借给我,不过必须得说服他们。"

我尖叫起来:

"怎么能用你父母的钱同居?!"

你的表情水面般纹丝不动。

"我说,太一君在图书馆查阅各种资料的事我都知道。雅各布病的潜伏期平均十年左右,我五岁时做的头部手术,现在任何时候发病都不足为奇。人一死,钱就没意义了嘛!"

此时的你没有愤怒,只是无比凄凉。

"不晓得我能跟太一君相处到什么时候,为买到这些时间,没什么不可能。"

你热泪盈眶眼圈微红。我动摇了。能跟你一起生活的确很开心,但用你家的钱这一设想让我耿耿于怀。

"明白了。那好,就借钱吧。我会打工一点点把钱还给你父母的。"

你笑着搂住我的脖子,在我脸颊上温柔响亮地亲了一下。

"不愧为男子汉!太一君真棒!"

"别这样,说这些话,要再给一次奖励哦!"

你微笑着张开双臂,躺倒在床上。我留意着不把全部体重都压上去,慢慢伏到你的身上。

## 二十八

你我两家人初次见面是在八月的第二周,地点是位于汐留的一家新开张的外资酒店。从四十二层的窗户眺望盛夏正午的银座,映入眼帘的就像用电脑绘图软件制作的精巧布景。横长条桌子对面是你父母和你姐姐,这边是我们一家。我紧张到了极点。就算是求婚,也不至于紧张成这样吧。不管怎样,这是要说"请允许令爱跟我同居"的!而且同居费用也要求他们借给我们,别说我,连你都紧张得表情僵硬。

年长你四岁的姐姐跟你一点儿也不像。美玲姐随父亲吧,瘦高个,跟身材娇小的你形成鲜明对比。她身穿亮灰色的 OL 西服职业套装,一见到我,脸上就浮出一丝笑意。

"实在冒昧,还望多多包涵。"我爸微微低头说道。

忘了交代,我家在下町商店街经营着一家小文具店。因地处近半数店铺已关门大吉的萧条街区,店铺肯定会在父亲这一代倒闭吧。戴不惯的领带让他看起来很不舒服。

"哪里,我家美丘固执任性……"

没想到你爸像个搞研究的,如果戴上时下流行的黑色宽边塑料框眼镜,感觉真是不错。说到这里,他的语气突然一变:

"但我家还不想让美丘住外面。得了病固然可怕,却也尽可能当作普通孩子养育。冒昧问一句,太一君是个姑娘的话,府上会允许这个年龄搬出去同居吗?大学还没毕业,工作也没着落,同居之说为时过早。"

你整理着料理套餐的菜单,一推盘子绷起脸来说:

"所以才跟爸说了嘛!我可能不像别人那样活那么久,天知道什么时候脑袋就成空洞了。跟最喜欢的人一起过日子有什么不好?!没时间了嘛!"

你身材娇小这一点显然像你妈妈,但她比你可文雅多了,你妈语速极慢地说:

"她爸,你也听一次美丘的话吧。这孩子历来话一出口,就什么也听不进去了不是?太一君也像个诚实的青年嘛!"

我看看我妈。下町的女人对这种事都耐不住性子,她飞快地开口说道:

"我家太一怎么说呢,也没那么了不起。像是年轻给迷住了心窍,这跟麻疹一样,退了烧就不当回事了。"

在家里说这事的时候,她还说要帮我说话,现在又成了无所谓的意思。我目瞪口呆地盯着我妈。你像是突然不耐烦了。

"就算大家都反对也无所谓!我要离家!跟太一君一起打零工,房子也要租,就我们两个人,一起过下去!"

你爸皱起了眉头。

"大学学业怎么办?"

"钱无论如何都不够的话,要么休学,要么退学。反正我也不能像正常人一样找到工作,大学上不上都没意义。"

气氛开始不对头了。

我看着你说:

"这可不行!美丘离校的话,我就不一起住了。你得把现在的学业继续下去,保证大学毕业。然后,可能的话要去找工作,最好能正常就业上班。"

你爸看我的表情像是在看一件奇怪的东西。

"病情、时日不多这都是没办法的事。但美丘应该在剩下的时间里跟大家一样,要努力承受磨难,要一起成长。我们所有人都只能这样一步一步生活下去。这期间,我想陪在美丘身边。"

你爸冲我点点头。

一直没作声的美玲姐说:

"这样的话,先在暑假里试试如何?听说国外有婚前试验性同居的做法。爸,可以试试吧!美丘小的时候不就说了嘛,让她做自己喜欢的事。太一君看来也很认真。"

梭子蟹意面上桌了,讨论暂时中断。你父母就我的成绩、将来的打算等做了详细的询问,都是我发怵的问题。成绩中等偏下,将来想做的工作暂时没有。兴趣爱好也没什么拿得出手的,毕竟看书跟朋克音乐很难说能成为生活的一部分。

跟着意大利面上来的是烤乳羊。用餐刀刮下骨头上的肉,蘸着足量的芥末吃,没有膻味,口感非常柔嫩。本以为自己可能会紧张得食不知味，没想到哪道菜都口味鲜明好吃得不得了。可能是因为不管谁对你我说什么，决心都不会动摇的缘故吧。

吃餐后甜点时，你妈说：

"刚才美丘说自己也要打零工吧？这一点我反对。大夫嘱咐过嘛，为延迟发病，哪怕延迟一点点也好，都应该避免精神压力过重。美丘太好强，这点最让人担心，是吧，她爸？"

你妈目不转睛地盯着丈夫。如果你奇迹般地再活二十几年，跟我结婚后会不会也能用这种眼神融化我的心？那认真热切的目光让我生出这样的感受。

美玲姐瞥了一眼坐在身旁的你：

"爸，我也有个要求。这家伙一旦认定了什么，不知道会捅什么娄子，而且九头牛都拉不回来。与其让她为所欲为，不如适当看管一下比较好。"

你家人似乎对你的秉性把握得很到位。我爸妈也一起点头。我爸说：

"是不是应该尊重两个年轻人的想法？美丘小姐很可爱，一定能成为好媳妇。"

想都没想过的话，从我爸嘴里说了出来。整天坐在收银台后面无所事事地望着尘土飞扬的商店街的爸爸像是换了个人，竟能说出这样的台词。他这句话让你爸也为之动容。

"既然大家都说到这份儿上了，那就同意太一君跟美丘一起住吧！不过有条件：首先，两人都要确保大学毕业，再就是毕业后正式完婚。刚才美玲说,在欧洲试婚性同居很普遍不是吗?那就让两人正式订婚吧!"

你妈又不急不缓地说:

"美丘,太一君,怎样?"

我看着你的眼睛。订婚突然被摆上了桌面,没想到情况会发生这样的逆转。短发梳理得规规矩矩的你的背后是银座上方蓝得耀眼的夏日晴空。我心里没有丝毫犹豫,或者说,当时只要能达到两人一起住的目的,任何条件我都接受。我们几乎同时答道:

"好的,没问题!"

这声回答顿时使餐厅一角快活热闹起来。你妈泪水盈眶,用餐巾拭着眼角。"太好啦,太好啦!"两位父亲说着又在杯子里斟上了葡萄酒。我竭力使自己的声音保持自然。

"那就厚着脸皮提点要求了,租房子备家具绝不会奢侈浪费,但也得花钱。美丘和我都没这么多钱,以后会打零工还上,能先借点给我们吗?"

你也帮腔道:

"对啊,爸!没问题吧!钱这东西,不就是为这时候准备的嘛!稍借点给我们吧,啊?"

"慢着慢着。"

这时,我爸开口了。

"就算没怎么赚钱,我家好歹也是做生意的。费用两家均摊吧,从太一打零工赚的钱里一点点往家里还。美丘小姐请父母资助就好。两人一起过嘛,费用各半比较好。"

戴不惯领带的爸爸看起来异样潇洒大度,可能是端着极不相称的葡萄酒杯的关系吧。

你爸抬起右手说:

"就这么定吧!那现在往下就是订婚宴啦!开瓶香槟吧?"

你爸很老练地请身穿黑礼服的侍应生送来酒单。我重新端详起突然成为我未婚妻的你,可能是为与酒店环境相配吧,你穿着一套白色夏款裙装,裙子胸部到腹部是由两层透明花边连接的式样。你看着我嘻嘻一笑,不出声地做出口型说:

"一会儿上床吧!"

记不太清当时我点头了还是咕嘟咕嘟地大口喝起了香槟,总之,未婚新媳妇的双唇实在太具诱惑力。

## 二十九

在酒店门廊告别家人,我们可算能两个人待在一起了。你伸着懒腰说:

"啊啊,累坏啦!怎么一见爸妈就觉得累啊?"

我们向银座那边溜跶过去,夏日晚风鼓满热气推搡着我们的后背。

"让美丘爸吓了一跳!"

你猛地吊在我胳膊上,真受不了你眼珠上翻看我时那眼神,我赶紧移开视线,望向开始亮起来的霓虹灯。

"突然就说订婚啊!"

你满不在乎地说:

"啊啊,这事啊,你顺着他的劲儿来就是啦。"

我一惊,在银座中央大道的人行道上停下脚步。

"那美丘的回答不是真心的喽?"

你嬉闹着弯腰抬头看着我。购物客路过身边时,脸上表情像在说"这两人干吗啊",纷纷避让着我们。

"嘿嘿,我怎么都好说不是?问题是太一君怎么想。"

很遗憾,我是认认真真地回答他的,我可没把那当成开玩笑或无所谓的事。

"你怎样想我不知道,我可是认真的。真心想跟你订婚。"

夕阳斜斜地照耀着银座商厦街,无数玻璃被映成暗橙色。你突然变回女孩子的声音:

"太一君,刚才的话能再说一遍吗?"

我转过身,面冲一家时装店的橱窗。拥有梦幻般身材的塑料模特身穿晚礼服站在橱窗里。

"别不正经,再闹,今晚就回去了。"

"求你……"

你的声音让我心中一颤,我慌忙回头看你。你的下半张脸在笑,而泪珠却马上要从眼眶里滚落下来。

"我也是真心的啊!所以不想因我爸问了才说,而是希望你好好地对我说,太一君对我说。"

我摆手打断你的话。由你先来问我,就显示不出我的立场了。

"别急,接下来由我说。"

我们站在许多情侣来来往往的人行道上,长长的身影从脚下伸出老远。我做了个深呼吸,郑重其事地说:

"美丘,愿意跟我订婚吗?我会一直陪伴你。"

一开始,你没有任何表情,随后突然间就泪雨滂沱,两行热泪抑制不住地滑落面颊。最后你一边哭一边像朵绽放的花儿般幸福地笑了。你娇小的身体猛撞过来,紧紧搂住我。

"当然愿意！太一君真愿意娶我啊！太开心啦——"

你将额头抵在我胸前啜泣起来。繁华街道上走过的无数成年男女，不知为什么看起来都像是慢镜头。紧紧相拥在一起的我们仿佛站立在北极星般亘古不变的世界的静止点上。

我眺望着记不清来过多少次的银座的轮廓线，眼前是银座八月黄昏的风景。这一幕将铭刻在心，永远不忘。我把鼻子蹭在你头上，嗅着女性甜甜的汗香。此时我已毫不在意你发丝间隐约露出的那道白色疤痕了。当时还是夏天最热的时节，我以为这样的时光还会继续下去。

你抬起头，脸上的妆全花了，惨不忍睹，一双熊猫眼显然是睡眠不足造成的。

"太一君，银座这儿有没有情人旅馆？"

我忍不住笑起来，回答说：

"那种地方这儿当然不会有。"

你用湿巾纸擦着眼圈，在中央大道上麻利地卸起妆来。

"那马上回涩谷！自打在那个餐厅的时候就心急火燎了！我可不是姐姐那样的优等生。太一君呢？"

我抬腿向地铁站走去，头也不回地说：

"我也一样。怎么一见到家人，反而更想干那事了呢！"

你小跑着追上我，和我并肩走在一起。

"嘿嘿，太一君刚才真可爱。今天我给你做全套，那个也做，这个也做，给你当玩具啦！"

"随你便!"

我跑下通往银座线的台阶,迎面扑上来的风把白衬衣后背吹得像鼓起的帆。

"等等我,太一君。"

我在楼梯平台处张开双臂等你下来,然后搂住你相依相偎着走向检票口。在灰色的人潮中,我们是幸福的。我甚至都等不及赶到涩谷了,几十分钟后,我将与你结为一体。生出这一感念的瞬间,成为我人生最辉煌的时刻之一。

我紧紧握着你的手,登上了银座线的铝制车厢。

# 三十

  闪光的时刻总在不经意间一晃而过。

  尽管只是普普通通地居家过日子,但回首往事时,竟也有无数炫目的日日夜夜令人不敢直视。每个人肯定都曾拥有这宝石般的时光吧。只消站在记忆的门口,嘴角自然就会浮出笑意,将视线柔柔地吸引过去的并非现今世界而是昔日光芒。可在踏入明亮的记忆之屋的瞬间,任何人都会拼命地试图夺门而返吧。

  不愿拿光辉的过去跟灰暗的现在相提并论。不管有过怎样年轻、丰富、时尚的生活,在心底都绝不会满足。即将入睡前念想的并非明天如何,而是已然逝去的时时刻刻。谁都不愿接受生活中不可或缺的人或事无可挽回的失去,一旦意识到,等在后面的便只有无尽的不眠之夜了。

  美丘,因为你,我已经送走几十个这样的夜晚。回过神儿来的时候,天已放亮,虚无的清晨,街市上的嘈杂不知为什么听起来就像一声声巨响。我被丢在了没有你的世界。看,又开始了新的一天,又是徒劳的一天。

  我独自在没有你的房间里吃早餐,乘坐没有你的地铁,进没有你的大学。我认真做着永远不会再看的笔记,休息时间吞下没滋没味的学生饭食后攀上屋顶去看天空。因为你,我已对东京天空的模样了如指掌。落雨前湿湿冷冷的风,恰似你最后送我的吻。

我和你开始同居生活的八月,充满夏的光照与夜的柔情。那些日子里有种近乎惊人的力量,能将平静的心情转变为咆哮的风暴。内心肆虐的狂风横扫悲伤与愤怒。为什么你不在这里?为什么你独自逝去?为什么我会被这自己也无能为力之事伤得如此深重?

所以我要讲述出来,我要夺回记忆的力量,为将过去还原到本应存在的地方,继续讲述下去。

这是你我共度的最后一个夏天的故事。

黎明前山中的那个嘱托,你还记得吗?

你像个同案犯似的露出笑脸对我说:

请做我的证人。

为证明自己曾经活过这一事实,你拒绝无凭无证,而是希望将生命之火燃进我的眼中我的心底。没来得及思考这是一项多么艰巨的任务,我便点头应允。因为不愿让你伤心,也因为那个时间与背景实在过于完美。

我能圆满完成你的嘱托吗?

对此,我至今仍抱有疑问。


家庭会议后,我们的生活突然忙碌起来。

首先必须使同居生活的物质基础完备起来。你住在东京西部,我住在下町,我们都没有离家独自生活过,因此应该马上解决两人的居住问题。

虽说费用可以从双方父母那里借来,但也打算从当月起就一点点返还。生活费得想办法靠两人的收入来解决。我们开始查阅此前漠不关心的房屋租赁信息及招聘广告,马不停蹄地奔波于不动产中介与打工面试之间。

大学位于青山,所以我们决定,即便房租稍稍贵点,也要在学校附近找住处。从今往后,每天就要在自己的住处、学校与打工地点这三者间奔波了。减少路上用时,相应地可增加打工时间以提高收入。没对你说这些,我还担心着你的病体,始终担心沉重的精神负担是不是会加速病症发作。

我们确定下来的是,那位头发染成茶色、没怎么有干劲儿的不动产中介经理介绍的第四处房屋。过了表参道十字路口后,一栋建筑年龄超过三十岁的旧式公寓,位于根津美术馆对面、时装店街尽头右侧。本来涂成白色的外墙呈现出亮灰色,入口处破罐子破摔似的贴着鲜艳的蓝色瓷砖。你在没装自动锁的电梯厅耸耸肩。

唉,不会在这种地方吧!

我也叹口气,作了个表示同意的反应。看过三处后,我们已切实弄清楚,以我们的预算水平根本不可能租到像电视剧场景那般整洁漂亮的公寓。

我们被领进三楼的一个把角房。打开重重的金属门，木质地板光闪夺目。不动产中介挺起胸。

"房主新铺的地板。因为是东南角，光照特别好！单间还能双面采光的房子少之又少。"

室内没有宽敞到需要各处转着看的程度。大约八个榻榻米大小的纵长房间里带着个小阁楼，屋子虽然狭小，但似乎能将睡觉的地方跟生活空间分隔开来。不是组装式洗澡间，贴着瓷砖的浴室的好感度也颇高（原来的热水器出毛病了，淋浴过程中必须反复调节水温）。

中介一声不吭地拎着文件夹，远远地观察我们的反应。落满灰尘的阳台把脚底弄得乌黑，我们商量着。

"怎样？这儿可比预算贵出一万八千块呢！"

你倚着晒在太阳下的栏杆，望向美术馆那边的一丛绿色。

"不过，距学校和表参道车站都不到四百米，地板锃亮、老房子屋顶高，墙似乎也厚实。"

你抿嘴一笑，翻着眼珠看我。

"稍微出点声大概也不要紧。"

茶色头发的不动产中介经理向阳台这边探过头来。

"怎样啊？看看下一间？"

我们的回答像以前的偶像二重唱一样整齐：

"就定这里吧！"

行李搬进来是在签约的第二天,两人的东西加起来也没多少。为省下搬家费,求邦彦和洋次两人帮忙。邦彦从朋友那里借来厢式轿车,半天往新房跑了两个来回。

壁橱里你的衣物占八成,其余是我的。房间太小,桌子、沙发就免了,屋子中央放了张稍大点的玻璃桌。除此之外,什么家具都没有,屋子里空荡荡的。新置办的居家用品也就是在超低价店搞到的原白色窗帘及床垫。

一眨眼工夫行李就搬入房间,邦彦大失所望:

"这算什么搬家呀!早知道这么简单,下午的约会就不取消啦!"

你把汽水从塑料瓶里倒出来。

"噢?交新女朋友啦?"

"可不是嘛!我也不想一事无成地让夏天白白过去啊!虽然不像太一这么神速。突然听说你俩要住一起,真吓人一大跳!"

的确,大学在校生就同居,这在同一圈子的朋友们中作为一条爆炸性新闻传得沸沸扬扬,不过我们倒没工夫对这样的反应胡思乱想。为开始新生活,接连不断的麻烦事儿真能吓人一大跳。洋次说声"对了对了"跑出房间。没过多久,又抱着个大大的纸箱折返回来。

"这是我爸妈寄来的东西,你们觉得合适就用了吧!反正我从来不自己做饭。"

你扑向纸箱欢叫起来。从里面拿出来的是崭新的餐器和锅具,耐热玻璃奶锅、不锈钢酱汤锅等一应俱全,铮明瓦亮,能照得出人影。

"太谢谢啦,洋次君!这些零碎东西确实也得买,正愁钱不够用呢!"

你抱住洋次,窘得洋次面红耳赤。

邦彦说:

"我也取消约会来帮忙了,快抱抱我!"

你把他的上衣抓在手里说:

"好啊好啊,谢了谢了。你的谢礼是吃东西。走,去吃东西!"

我们去的是青山大道上的一家荞麦面馆,并非手工面条名店,极为普通。即便在青山,也有拉面馆、咖喱饭商亭和普通荞麦面馆。一说"我们请客点自己喜欢的吧",邦彦便要了盛在小笼屉里蘸调料吃的荞麦面条,洋次点的是天妇罗盖浇饭。不到一首流行歌曲的时间,两人就呼哧呼哧风卷残云地吃了个精光。你惊得目瞪口呆:

"你们俩真不值得一请啊!打零工两个小时赚的钱被你们三分钟就解决了!"

邦彦将冰水杯喝空,扬手招呼店员:

"再来杯水。"

邦彦压低声音,朝我这边瞥了一眼,一看就知道这是打什么鬼主意时的眼神儿。

"接下来,不到常去的那家开放式咖啡馆喝杯咖啡什么的吗?"

你马上应道:

"我也有点累了,正想吃点甜食呢!不过,去那家店可不请客哟。"

"知道知道!美丘怎么突然跟个主妇似的计较起钱来了?"

你看了看我,皱起眉:

"怎么说来着?我家那位赚钱少呗!"

我们开着玩笑,一路上热热闹闹欢声笑语地经表参道十字路口,走向夏日阳光下伸出白色帆布屋顶的咖啡馆。不知为什么,靠人行道一侧的最前排总是坐着外国人和看起来最体面的情侣。难道这地方也讲究人种差别?我们被让到第二列头上的桌子,正所谓一军半的位置[①]。

女招待点完餐刚离开,你像是发现了什么。

"啊!瞧那边!"

朝你手指方向望去,麻理和直美从森英惠[②]大厦那边穿过光闪闪的人行道线走了过来。麻理手捧硕大的花束,直美则怀抱系着丝带的玻璃花瓶。

---

① 一军半:日本网络俚语,指在职业棒球赛中反复升入第一梯队又降到第二梯队的选手。

② 森英惠:1926年出生于日本岛根县,巴黎高级时装设计师。

我问：

"谁搞的名堂？"

洋次大大方方地说：

"我。一直僵下去也不是个事啊！就以太一跟美丘一起住这事做个了结吧，以前的事既往不咎，我们这六人小圈子也该团圆了！"

我看了看你的脸。你在涩谷过街天桥下被麻理打耳光的声音至今萦绕耳畔，那声音听着都让人心疼。正不知如何是好，你小跑到店外。在火辣辣的阳光直直落下的人行道上，你迎向两人。

身穿白色夏款裙装的麻理将花束递给你，你像将身体撞上去似的抱住麻理。

"谢谢——"

叫声甚至都远远地传到了我们坐的地方。外国情侣笑嘻嘻地望着你们。你像是哭了，抱着麻理良久没松开。个子最小的你被她俩从两边搂着肩走了过来。女招待为我们拼好桌子。

你一坐下就说：

"洋次君，这家店我也请客。谢谢你，我一直惦记着麻理。"

洋次一副这算不得什么的模样点着头：

"不用往心里去，刚才用手机预先打过电话了，那再加个巧克力香蕉派？"

邦彦也来劲儿了：

"这家店的派好吃着呢!我也加一份!"

你眼泪汪汪地瞪着邦彦。

"不请你客!"

笑声平息下来后,麻理轮番打量着你我。

"听说你们要一起住,很是惊讶,不过太一君这么做肯定有他的理由。现在知道美丘是真心的了,我支持你俩!"

摆放在桌子中央的花束以体现夏日风情的葵花和扶郎花为主,色调是鲜艳的黄色与橙色,都是跟你极为相衬的生机勃勃的色彩。

直美本就是个爱掉泪的人,见你抽抽搭搭的样子,自己也流下了同情的泪水:

"大家又能和以前一样一起玩啦!麻理和美丘我都喜欢,真是太开心啦!"

你红着眼圈点点头。

"我也开心!直美的客我也请。"

邦彦又打岔:

"那我的派到底怎样啊?"

"不是说了不请你客吗?!不说你了,现在找个地方买上酒和小菜,去新家开个首场宴会吧?都喝个大醉,折腾到半夜好不好?"

"好啊好啊"的叫声此起彼伏,搬家当天最终演变成了一场宴会。

## 三十一

很遗憾,我们不在同一家店打工。我在涩谷PARCO地下的一家大型书店,你则定在表参道小巷里的咖啡馆。你不无担心地说:

"我一直在侦察那家书店,店员净是年轻姑娘。总觉得放心不下啊,因为太一君很招喜欢书的女人爱嘛!聊起我没看过的哪本书,肯定能聊热乎!"

书店里的确女性店员居多,而且都是涩谷街头见不到的清一色的端庄文静之人,特别是我自己提出要求并被分配到的文艺类图书区尤其如此。

"我会小心,不过什么时候开始恋爱可说不准。"

我观察着你的脸色心里暗笑,想起几个月前的一幕。与你邂逅,简直就像遭遇了一场交通事故。

你正色道:

"我可不像麻理那么好说话,说不定会宰了那家伙哟。"

你的眼睛这时看来就像只毫无邪恶之念的动物的眼睛,我揉搓着你的头发:

"别瞎想啦,做旅行准备吧!"

狭小的单间里，散乱地摆放着旅行用品。帐篷、睡袋、大量毛巾、宽檐帽，替换的衣服有T恤、牛仔裤、防风短外衣。时装款的夹克衫和裙子一件也没有。我们决定在正式开始打零工前先去旅行一次。

目的地是日本屈指可数的摇滚音乐节，我们不想住那些漂亮的度假酒店，而要在大自然中自己支帐篷，跟全日本不正经的乐迷们一起瞎闹一场。

摇滚音乐节的会场设在从越后汤泽站乘巴士不足一小时车程的山里，是块冬季用作滑雪场的平缓斜坡草地。因为几天前下了场雨，走进会场不多会儿，运动鞋上就沾满了泥。我们接过志愿者递来的垃圾袋，走向露营地。这里是世界上最干净的音乐节，所以颇有名气。你用搭在脖子上的毛巾擦着汗说：

"嗯？这种坡度的草地不铺装就很难走啊！还有这草的气味！"

用力吸气，肺里充满仿佛被染成绿色的青草般的热气。目光所及之处，已有好几个男人酩酊大醉地倒在草丛中了。走在会场中的，都是笑得异常兴奋的满身泥土的年轻人，我完全沉醉在这肆无忌惮的自由空气中了。从远处山丘那边，滚滚传来雷声般的PA[①]音。我很自然地加快脚步。

---

[①] PA：Public Address 之略，公共广播。

"赶紧搭帐篷,去看舞台!"

你正了正身后的小背包说:

"我饿了,音乐会前先吃点什么吧!"

正宗的印度咖喱、土耳其烤肉串、夏威夷盖浇饭、酵母面包配有机葡萄酒。这个会场里汇集了全世界的慢餐。

"好啊!不过先搭帐篷!"

为了找到一块合适的空地,我避让着已布满斜坡的彩蛋般的帐篷,向露营地深处走去。

两小时后,一切准备就绪。走向舞台途中,我们被一个卖啤酒的吸引住,加足调料的土耳其烤肉串、整根的黄瓜、整个的西红柿,还有啤酒和冰得透透的有机白葡萄酒。我们没由来地笑着,任酒精在体内流淌。太阳缓缓地穿过天空,周围是无数可被理解为同胞的人们,这真是美美地大醉一场的最佳场所。

入夜前,我们确认着登场乐队的时间表,跑遍了六处舞台。不单是鞋子,T恤和牛仔裤也很快都被泥浆、灰尘、汗水浸染得污浊不堪了。无论是不知名的乐队,还是当今一流的乐队,你都热情百倍。当对唱随MC① 开始时,你高高跳起,舞动拳头直指晴空。你注意到了吗?我随着音乐的节拍,一边晃动着身体,一边凝视着半泥猴模样的你。

---

① MC:Microphone Controller 之略,控制麦克风的人。

拎着西班牙海鲜饭和矿泉水回到帐篷时已将近夜里一点,草丛中无数的亮光在摇曳。尽管已累得一塌糊涂,你的反应仍然神速。

"瞧那边,去看看!"

许多人无声地聚集在周围,五颜六色的蜡烛被随意摆放在树林中。这就是他们连接起的美丽光带,让人联想起光的河流。你悄悄将指尖绕进我的手中。

"太一君,能遇见你真好。我们一定要永远记住今晚看见的这些光啊!"

我用力握紧你的手。

"美丘,突然提这事可能让你觉得太离谱,我现在很想要很想要。"

你眼圈发红抬头看着我,柔柔淡淡的烛光映照着你羞涩的面庞。

"我也想要,痛痛快快大干一场吧!"

我们疾步奔回帐篷。在这没有淋浴没有空调没有电视甚至连灯光都没有的山里,为了不被周围的帐篷听到,我们屏住呼吸亲热起来。顾不上汗味和身上的污浊了,一切都用吻来清理就好。

结果,吃西班牙海鲜饭时,已过了午夜一点。尽管凉下来的海鲜饭口感变硬,却也有说不出的好吃。我们互相喂着米饭,情不自禁地笑着。夏夜与自己深爱的人窝在帐篷里的感觉真是无与伦比,性爱、虫鸣美得无与伦比,你的汗香与爱的气息都美得无与伦比。

随后,我们牵着手陷入沉睡,陷入宛如从垂直的悬崖上一跃而下、连梦的空隙都难以容下的沉睡之中。

一觉醒来,见你在黑暗中动来动去。

"怎么啦?"

你套上新T恤说:

"醒啦?感觉哪儿的台子上有演出,想去看看。你还困就睡吧。"

凝神一听,果然有乐声隐隐约约传进帐篷。我支起身子看看手表,凌晨四点半。躺下才三个小时睡意就一扫而光。我也穿上短裤和T恤。

"一起去!不知怎的,一点也不觉得累,浑身是劲儿!"

这一点,下半身也表现得很明显。就在几小时前还搂着你那样一通激战,现在我的阳物摸上去又像包住金属的皮革了。你的手轻扫过来握住我,笑道:

"嘿嘿,年轻就是棒啊,老公!"

我们在天亮前的微光中躲避着帐篷向乐声那边走去,看到稍稍远离主会场的一个小山丘上有个小舞台及照明的光亮。观众们有的趴在地上,有的舞动身体,随心所欲地以各种姿态享受着拂晓前的锐舞派对。音乐是像工厂里的千吨冲压机般沉重的德国 Techno① 风格。

你一看到舞台,就在草地上奔跑起来。紧跟着勉强包住屁股的牛仔短裤和满是泥浆的运动鞋,我也追了上去。你挤进人群,精神头儿十足地胡踢乱踏。脚尖像要踢进大地一般,踏着原始的舞步摇摆身体。你在我耳边尖叫,PA 音震耳欲聋,不过最后仍听清了你的喊叫:

"太痛快啦!"

你向蓝玻璃似的天空张开双臂。东方泛起鱼肚白,新一天的晨曦正躲藏在山脊后面。我随着电声合成的节奏,疯狂摇动着身体。这里既没有二十世纪也没有二十一世纪,人只是超越时代彼此相连的生命,即使两万年前,也一定有人像我们现在这样,在黎明时分狂舞吧。

"快看!"

东方破晓,银光从山峦边缘如箭一般射出,直冲霄汉。鼓掌声欢呼声响彻演唱会会场。我凝视着沐浴在朝阳里熠熠生辉的你,此时你的脸上现出我记忆当中最高贵最华美的表情。你大叫:

"太一君,做我的证人吧!"

---

① Techno:高科技乐曲,利用电脑合成器合成出许多特殊音效,再由这些音效组合而成的音乐。

没弄明白意思的我将耳朵凑近你嘴边,你像要抓住旭日似的举起双手。

"证明我曾经活过!证明峰岸美丘曾在这里活过并深爱过太一君!"

我停下舞步冲你点头。晨曦像要掀开夜幕似的,已将大半天空染成白色。音乐、山景、绿色都美不胜收,所有这一切中,最美的当然就是你。

"请太一君做我的摄影师,直到我的生命之火燃尽的最后一刻。"

你手捧我的面颊亲吻我的双眼。

"要把我的生命燃进我最喜欢的这双眼里,要印刻在心里绝不许丢掉哦!记住我曾经活过,记住我什么都能接受什么都能包容的心、坚强、还有柔情!"

汗水使T恤完全贴在你身上,你泪中带笑、笑中含泪。我拼命点头,然后抱住你的头拨开发梢亲吻那道白色疤痕。

你流着泪说:

"另外还要答应我一件事!如果有一天,我不再是我了,要用太一君的这只手。"

你抓起我的右手贴在自己左胸上。

"用这只手终结它!因为自己出生的时候没得选,所以有种狂人就按自己的喜好选择怎样死。我绝对不能容忍自己都不是自己了,身体反倒活着。所以,要用这只手做个了结!"

你抬起头表情严肃地盯着我。我无法应答,我要终结掉我最爱的身体,我要吹灭美丘的生命之火。无数可怖的念头涌入脑中,这岂不成了犯罪?!

"我觉得被最爱的人杀死比病死要好多了,我想要自己能像活着那样死去,这样的要求是不是太奢侈?"

你将额头抵在我胸前,已不再掩饰自己的哭泣。周围,音乐节的喧闹还在继续,旁边跳着舞的女生向我传来了矿泉水瓶。我微笑着摇摇头。

目光投向黎明的天际,凝望着渐渐消逝的群星,光点像要融入眩目的天空。终有一天,我要亲手熄灭眼前这个人最后的生命之光吗?

趁自己还没下定决心,我搂住你的肩膀说:

"记下了。我要做你活过的证人,什么时候最后一刻到来时,为你熄灭这团火。美丘,我也这样想,能跟你一起活过,真好!"

我们被晨光与音律打动,伫立相拥良久良久。对那时的这一约定,我从未后悔过。爱一个人,就要对那人的生命负责。今天的我明白了这一点。教我的人,是那个黎明时分一身汗味的你。

## 三十二

夏去秋来。

这也许是很简单的事实。然而正当被热带般的夏日骄阳烘烤的时候,谁能相信夏日将尽、下一个季节即将来临呢?眼前的这一瞬间将永远继续,迷乱的心跳、伸开的指尖、心爱之人绽放的温情笑脸,明天也一定会继续下去。我们假设周围所有一切都永恒不变,勉强将不知何时会终结的生命维系在今天。

美丘,九月是我们能欢笑着度过的最后一个月,是你我能从心底发出欢笑的最后时光。清晨醒来,鬓发散乱素面朝天地睡在我身旁的是你。嚷嚷着天太热,身穿短裤劈开双腿躺在空调出风口下的是你。在没做到好处的饭菜里倒进几乎要溢出来的橄榄油,笑言变身意大利美餐的也是你。

如今想来,这奇迹般的一切,我都只是想当然地接受了。忘记病情,享受着游戏似的同居生活。而游戏终将结束,享乐的代价必须偿还。就连这理所当然的事实都抛在了脑后,我们只是肆意妄为地欢笑着度过眼下的每一刻。

与你的同居生活已过去一月有余。当然,两人都是生来头一次跟家庭成员以外的人同住，生活习惯的差异简直就像生在不同国家的两个人。浴盆里加沐浴液还是不加（你加、我不加）；家务如何分工（结果是你洗衣、我打扫卫生、两人一起做饭）；衬衣要不要熨烫（你不太会熨烫、我却很拿手）。

心理学指出，与恋人开始共同生活这一项甚至处于精神压力清单中相当靠前的位置。这期间爆发了无数小规模冲突。不过，只要假以时日，细微的差别总会在某个时刻找到妥协点。只要对对方不离不弃，总会有办法解决。

没对你说过，你醉酒睡下后有打呼噜的毛病。尽管不是成心挑逗我，但你在出浴后只穿着一条小裤衩盘腿而坐的习惯也希望你改掉（你这身打扮，一口气喝干胡萝卜汁的样子倒是挺有看头）。其实，你看不惯我的地方也是要多少有多少吧？

现在想想，为什么不互相把自己讨厌的地方更多地坦露在对方眼皮底下呢？为此我甚至后悔不已。因为我时时想起你的鼾声、你用毛巾勉强遮挡住的乳头和你咕嘟咕嘟喝下果汁时白皙的喉部。

美丘，你会在天上的某个地方想起我吗？那时的我是什么模样？当有一天，我去你那边的日子来临时，我们把对方讨厌的地方一一列出，笑个痛快吧！

还有，我要批评你这么早就撒手人寰，作为对你的惩罚，我要紧紧拥你入怀。

不管多少次，两颗心都要融为一体，无论什么样的病痛与命运都不能再把我们分开。

"太一,你认识啦啦队的岸本奈津美吗?"邦彦压低声音问。

我透过咖啡厅玻璃窗望着洒满干巴巴阳光的校园,已有几片性急的枯叶像三明治似的堆积在散步道一角。咖啡厅内学生们的交谈声嗡嗡作响。

"不认识。"

洋次从一旁插嘴进来。

"晒得黑黑的,很活泼的女生,经常扎双马尾,感觉就像以前的偶像明星。"

"对对,感觉这妞绝对是个处女。"

我正在打算当天打工换班的事。换成晚班的话,干到夜里十点,在书店里任意摆放图书,累是累,却是不坏的活计。

"有什么不对?"

邦彦吃吃地笑着说:

"就是说嘛,成这样啦!"

他做了个抱着圆鼓鼓的肚子的模样,这动作让软派师邦彦看起来更下流了。

"噢?怎么知道的?"

"校园里都传遍了啊!听说要跟一家男性杂志大她十五岁的编辑结婚,大学倒是要接着上。"

邦彦很响地拍了拍我的肩。

"所以嘛,我要说的是,你也该小心!太一还不想结婚不是吗!"

同居刚开始,还没考虑得那么远,但婚已经订了。大学毕业后,这事肯定会再被提起。同辈的谁谁谁迈出新的一步,诸如此类,马上就会带上成人世界的现实色彩。

"结婚?"我望着窗外喃喃自语。

洋次跟邦彦肩膀挨着肩膀,直勾勾地盯着我,像对双胞胎似的异口同声:

"真心话?!"

我喝了口冰镇牛奶咖啡调整节奏,煞有介事地说:

"就算结婚也没什么大不了。"

邦彦作出一副难以置信的表情。

"跟那个美丘结婚?你可真了不起!连麻理这样的美女都敢甩!你是不是哪儿有问题?脑袋还是眼光?"

我忍不住笑起来,确实如邦彦所说。论漂亮,你比不上麻理。眼前两个男生并不了解你的坚强与美丽都来自心灵,而且也不知道你发间那道白色疤痕。

"我也觉得自己是不是有问题啊!我本身又不是对女人那么有热度的人,同居这事感觉也奇怪得很。"

洋次压低声音说:

"在学校里保密不是?最好别挂嘴上!不过,太一要是结婚的话,真有点让人吃惊。"

邦彦看着咖啡厅入口，咧嘴一笑。

"女主角登场啦！美丘那身衣服在哪儿买的？"

我望着在柜台前排队的你。同居开始后，两人都压缩了购置衣物的开销。看得人眼花的拼接式皮夹克是在下北泽旧衣店大甩卖时花一千九百块搞到的。你用浅盘端着苹果派和奶茶走了过来。

"是不是因为入秋了？这阵子肚子老是饿！"

邦彦斜视我一眼说：

"不会是有了吧？"

你没好气地将浅盘往桌上一摔，挺了挺坚实的胸脯。

"对不起！我都要求带套！"

你把夹克搭在椅子背上，一口咬住苹果派。

"热腾腾的派到底还是得手抓着吃啊！喂！你们三个男生在干吗？一直嘀嘀咕咕的！"

邦彦慌忙摆摆手。

"没什么没什么。别说男生了，你怎样，二人世界？"

你用戏谑的眼神看着我说：

"怎么说呢？比起一个人，费神的事像是多了。是不是彼此都挺累啊？"

洋次满脸的不可思议。

"当真？我这样的，还挺羡慕你们呢！同居多好多浪漫啊！"

你一直瞅着我这边，我只好代为回答。

"嗯,其实没那么坏。不然的话,就不会有结婚一说,也根本坚持不下去。"

像是面对一个给出的答案虽然不对却也离题不远的小学生似的,你点点头,又回到了苹果派上。

## 三十三

你下班时间是夜里十点半。我提前一步料理完书店的工作,坐在表参道的围栏上等你。从这里到我们的住处步行约十分钟。手拉手回家是暑假起养成的习惯。

九月中旬一过,夜风就相当冷了,表参道上的行道榉树也染上了淡淡的黄色。散落东京夜空为数不多的星光也比夏季更加清澈明亮。走在这条路上的都是讲究衣着时尚的人,因此装扮上已有了浓浓的秋味。

"久等啦,收了份礼物!"

你拎着个白色塑料袋小跑着过来,我正神情恍惚地回味着白天和邦彦他们说的话。

"快看快看,迷迭香风味的嫩炒鸡肉和法国炖菜,虽说是剩下的,这也能省出明天的早饭啦!"

我们的收入勉强糊口。

"是挺好。"

你抬头看看我。

"怎么啦?脸色这么难看?"

正犹豫要不要说,嘴巴却先动了。

"大学里有个女生像要结婚了。"

"知道！啦啦队的岸本嘛！那家伙有两下子！"

女生间相互看待的眼光跟男生们的看法总有微妙的差异。你冲过来攀住我的胳膊。马上就到十一点了，我们也加入了涌向地铁站的人流。

"我在想，什么时候我们也那样啊。我说，美丘愿意嫁给我吧？"

你像突然踩下急刹车似的站住，表情严肃地盯着我。

"怎么说起这个了？"

我也停下脚步，站在你面前。身后，改装过的四驱车高音量播放着嘻哈音乐驶过表参道。

"照现在这样继续下去，总有一天要考虑这些吧！"

你像是生气了似的不屑地说：

"我才不想结什么婚呢！"

我心里有点刺痛，但佯装冷静。

"这是不愿跟我结婚的意思？"

你伸开冰冷的手指，贴上我的面颊。

"不是！是因为我不相信所谓的永远！我真心喜欢太一君，但我不需要能永远持续下去的东西，而且……"

我拉住你的手包在我的双手中，秋天干冷的夜风从我们中间穿过。

"而且，什么？"

你为难地笑笑。这笑脸反而让我伤心起来。

"因为我的病,结了婚也未必长远。我是想……"

本不属于激情型的我这时候做出了连我自己都深感意外的举动,我在表参道明亮的散步道上紧紧抱住你。

你在我耳边说:

"我想像烟一样什么也不剩地消失得无影无踪,我曾活过的痕迹一点也不想留在这个世界上。所以,我不愿因为我在太一君的户籍上留下一个叉号嘛!"

你轻轻亲吻我的面颊,欢快地笑起来。

"听我说,反正我死后太一君早晚要跟什么人结婚不是?这样就送你一个干净的身子和户口!你这迷死女人的花花公子呀,一定要幸福!"

你轻轻推开我,我端详着你。你眼睛通红,总是争强好胜的表情慢慢消失,双手从我的面颊上滑下。

我再次抱紧你。

那天夜里,我们急匆匆返回住处。

年轻真是不可思议,无论发生什么,都能跟欲望直接挂上钩。看场好看的电影,想抱你。听首好听的乐曲,还是想抱你。那一夜心痛得不得了,可即便如此,我们又想相拥入眠了。

同居开始一个月后,我们渐渐明白,啊,今夜相安无事!什么都不发生的夜晚也是存在的。令人惊奇的是,我们也开始习惯欲望,不受睡在身边的人的刺激,能安安稳稳地睡上一夜了。

但那天晚上不一样。可能因为你说了"不要什么永远",于是我们试图在对方的身体里寻觅现在的光彩。在不让一丝光亮透入的浴室,只用手掌擦洗对方的身体,将打满泡沫的溜滑的身体尽可能紧密地贴合在一起。在铺着厚地毯的屋里、在拉上了窗帘的窗边、在连接玄关与房间的窄廊、在放着床垫的阁楼上,我们合二为一又一分为二。在狭小的房间里到处释放着无尽的激情。

第一战终了,刚缓过气来,你将头发贴上额头大笑起来。你抚摸着我说:

"哎,为什么光是把这东西插进拔出的就这么没够呢?我有时候都担心自己是不是成了色情狂,打工的时候净琢磨跟太一君上床的事了,到底要把我折腾成什么样啊?"

我吻着你满是汗珠的精致的额头说:

"不想结婚嘛!责任什么的都不用负是吧!"

你抱住我,把脸埋进我胸前。最近女生中,舔男人乳头似乎成了常用技巧,痒得受不了。你抬起头说:

"对未来可以不负责,那现在再负一次责吧!火点起来想要得难受嘛!"

于是,我们为对对方负责,又抱在一起。真是完美的性爱。很多人认为性爱无聊透顶就不怀好意地刻意诋毁,其实,将身心同时解放，与伴侣融为一体时，绝对是种真实美好的体验。

一如暴风雨之夜的灯塔，只要将其作为一定要活过这一瞬间的精神支撑，之后的时间无论如何都能坚持下去。

## 三十四

　　当然，我们度过的每一天不仅限于打工和性爱。大学的课要去上，为应付作业和考试也要加劲儿学习。这些话对你说过了，大学毕业一两年后，我打算向你求婚。永远什么的，我也不想要。不过，终归希望以某种形式拴住你。这与病情无关，因为不清楚你要飞去哪里更成问题。

　　再就是就业问题也不能不考虑，此前身为学生一直不务正业的我开始认真学习，也算是跟你同居的成果。那天是九月最后一周的星期五，时间也记得很清楚。星期五下午，第四节课下课后，我们去大学图书馆查资料。

　　记得那天风冷得厉害，天空的蓝通透得令人不安，地上没有一丝云影，真是个秋高气爽的大晴天。我在恶补被甩下一圈的会计学基础，你在查找海明威的评传和讲解。英美文学课上，你已花一年时间解读了早期的《尼克·亚当斯故事集》。

　　"《大双心河》不错啊！一般文章不管哪篇，总能至少删掉一句，而那个短篇里连一个多余的字都没有。"

　　你皱着眉头小声说：

　　"哇！这见解跟我们教授一样！怎么着，太一君？是说自己也读了些书,了不起了?!"

邻桌女生抬头白了我们一眼。

我低声反击:

"没什么了不起,是连小说都不看还主攻文学的那位太差。"

你嘲讽似的歪歪唇角。

"那对发财什么的一点不感兴趣的谁谁谁又是怎么回事?"

我选择的专业是跟父母妥协的产物,被你反唇相讥,我无言以对。

"我是想啊,太一君最好能多展现展现自己,丢掉会计学这类东西,学点自己喜欢的,如何?本来就是文科生,又特别喜欢朋克摇滚乐不是?头发染成大红色,戴上美瞳隐形眼镜,顺便文个身,宣称自己与众不同该多棒!看你总放不开嘛,像一个人穿着件很小很小的衣裳。"

我清楚自己没那份勇气,注定要一辈子穿在不合身的夹克里了。

"晓得啦晓得啦,别再说啦,快找参考书去吧!"

我回到自己的笔记本中。看小说的话,无论看多少看到什么时候都没问题,可一学习,立马头痛起来。该把应收款填进密密麻麻的表格的哪个位置呢?完全是一头雾水。总之,这是一门只是算算什么人赚的钱就让我不寒而栗的学问。

你消失在开放式书架的丛林中。短款夹克是第一次在屋顶上相遇时你穿的那件游骑兵,包在靴型牛仔裤里的屁股小小的像个少年。不过,我可知道那屁股有多柔软,只要触到那不太光滑的表面,指肚上就生出鲜活的感觉。在所有人都闷头自习的图书馆学习室,目送你的背影的瞬间,我心中激起一种强烈的优越感。

在秋日图书馆的宁静中,我再次潜入数字的海洋。根本弄不清当前资产与库存资产的区别,也弄不清本应做一份就好的账目为什么偏要搞成两份?我跟会计学完全无法产生共鸣。

约十五分钟后,你折返回来,胸前抱着几本硬皮封面的西洋书籍。你拐过书架转角,注意到我的视线后轻轻点点头。我被你的行走姿态吸引住了。右腿膝下摆起来,左脚软软地踢到地面。腰与股关节间像安装了轴承似的平稳摆动,体重前移。腰骨左右摇摆,生出男性的细腰无法表现的舞蹈般的韵律。大约走到学习室里的时候,你的表情一变。

与太阳突然被乌云遮住相仿,你的脸色阴郁下来。出什么事了?靴子头部抖动起来,细微的痉挛从脚尖传上膝头。你试图走直线,可只走了两三步膝盖就无力地向前倾倒下来。

散落的大开本硬皮封面书籍发出响亮的声音。大多数学生专心于自己的功课,连头都没抬。我不由自主地站起身来,你手撑冰冷的大理石地面抬眼望着我。此时此刻,我想我们两人的心以最坏的形式相通了。唇虽未动,但你的所思所想已尽在我的领悟之中。

发病了……

我也全身麻木得动弹不得。片刻之间只能凭眼神交流,时间在相互点头示意中流逝。看过关于 BSE 的新闻影片吧？牛在栅栏里挣扎着试图站立起来,可关节像松动了似的,四肢绵软无力不听使唤。绝望的眼神里充满对自身肉体出现的异常的恐惧。克雅氏病的显著症状就是从肉体性的步行困难显现出来的。

这是与你共同生活前,我在医学书籍上读到的一节。该书这样写道：一旦雅各布病发作,患者将在短则数月、长不过几年的时间内死亡。截至目前,病情无法治愈不可控制,无治疗手段,无治疗药物。

我自己也双腿无力,好容易才挪到你跟前。我全身颤抖着用手扶住你的肩头,你的身体也在颤抖。你承受着恐惧的侵袭,抬眼看着我。我永远无法忘记此时你目光的深邃。

"太一君,发病了。"

两行热泪同时涌出。我在安静的学习室里跪下,抱紧你颤抖的身体。幸好其他学生都漠不关心,我们抑制住哭声默默流着泪。这身体几个月后将会丧失热度停止呼吸,你将从世上消失,而我将被独自抛弃在这无情的世界上。想到这里已悲痛欲绝,我们相拥在一起痛哭良久。无法向任何人求助,心底清楚,求助也是徒劳。

你轻轻拍拍我的后背说：

"图书馆里突如其来的爱情画面啊。来,走吧！麻烦你,别管讲义了,陪我去医院好吗？"

我好歹直起身,你的脚尖也像是从刚才的发作中恢复了过来。我们整理好物品出了图书馆,穿过秋日欢闹的校园咬牙向校门走去。想必两人都不能独立行走了,这巨大的打击让我们在坐进去往医院的出租车后全身仍颤抖不止。我承受冲击的能力远不如你,在医院洗手间里将午饭吐得干干净净。

就这样,我们最后的秋天开始了,这是你独有的精神气质像被波浪卷走的砂子一样一点点散失的日日夜夜。最后三个月我们是怎样生活的?美丘,我几乎无法正视也无法讲述这段岁月,因为你崩溃的过程也就是我崩溃的过程。

## 三十五

你的光芒如黎明时分的星辰一颗颗消失,剩下的是一片平整明亮的废墟。美丘,十月是你我一件件清点失却之物的一个月。言语没了,回忆没了。你独有的机智与笑脸没了。岂止如此,这是哪里、现在是什么时候,连本不该动摇的时空概念都在你脑中产生了动摇。

我拼尽全力试图拖你回来,然而一切皆为徒劳。白色疤痕下的头颅里发生的变化迅猛而又无情,即便如此,你仍显示出极大的勇气。你不畏死亡,对自身消亡这一残酷的现实一笑了之,甚至还鼓励不时陷入消沉中的我:老是一副悲伤的样子,对太一君最后的回忆就成哭相啦!我能挺得住,打起精神来!

给你这样一逗,我就是想哭也只能破涕为笑了。在心中咬紧牙关忍泪欢笑。自你病情发作后,我一直处于精神麻木状态。食不甘味,吃什么都像嚼砂子,痛苦和烦恼就像和自己无关似的渐渐远去。不管做什么,耳中似乎总有小提琴最细的那根弦发出的高音在鸣响。嘎嘎吱吱的声音清晰悦耳却又悲伤欲绝,这或许是通常会被日常生活的忙碌遮掩掉的生命磨损的声响吧!

美丘,你那边也能听到这声音吗?或者在云上某处,鸣响的是天使吹奏牛角号的悠长旋律,而非这悲切的声音。在失去你的我听来,哪个都差不多,这音响不绝于耳,它从所有生命中磨削掉眼前这一瞬间,步步逼近死亡。

充斥世界的,是生命之火燃烧的声响。

你在图书馆摔倒后,我们马上去了经常就诊的医院。顾不上大学讲义,搭上出租车就走。这是所位于新宿的大学医院,抬头望不到顶的高层建筑。诊查性住院两天即可,其实我们早已知道结果。不可治愈的雅各布病的发病过程终于开始了。

六人病房里不方便说话,我们在电梯厅旁边休息室的时候居多。那时正值秋日淫雨连绵,西新宿副都心高楼大厦的上半部分都溶入了低垂密布的阴云中。我们坐在面向窗户的塑料长椅上,桩桩件件地聊着自己的情况。

"按大夫的说法,身体出现异常前,是不是也有过其他征兆?"

你出神地望着水墨画般模模糊糊的雨云,闭合的窗户上斜落下一道道雨滴连成的虚线。

"嗯,可能有过。比如想不起演员或作家的名字,比较难记的词一点点忘掉等等。"

感觉心里有什么坍塌了,我丝毫没有察觉到一起生活的你的这些变化。

"……是吗?"

"是啊。每次都要翻词典或上网搜索,常有的事,感觉奇怪,可能自己不愿意承认吧。"

"那就是一点一点地想不起来了。"

"不过,重要的事情可都记着哦,像跟太一君偶遇那天的事。"

"翻屋顶围栏的时候?"

你露出笑脸轻轻点头。

"当时以为美丘铁定会自杀。"

"没想到那一步。就算摔下去,感觉那时也就那样了。不过突然想爬围栏真是太对了,因此才能跟太一君认识嘛!"长椅后面,有住院的病人拖着点滴输液架走过,你把头靠在我肩上。这小小的头盖骨下,蛋白质变化量微乎其微,但就是这微乎其微的变化改变了你。恐惧令我动弹不得。

直到探视时间结束,我们都一直呆呆地望着灰色的天空。

针对十天后获知的医生诊断,做个简单陈述。中年医生给我看了几张你的脑断面图,在我看来完全正常,顶多感觉是黑色部分偏多。但医生说,很遗憾,确诊为克雅氏病(CJD)发作了。按当今医疗水平,痊愈、治疗均无望,倒是有几种对记忆障碍有效的药物可以尝试。不过这些药也并非能够根本性治疗CJD,最好不要抱什么期望。我没怎么记住医生的话,却准确记下了你随后说出的一字一句。

"病情清楚了,那我还是我的日子还剩多少?"

我看出了医生眼镜后面眼中的怯意,他用压抑的声音说:"日本 CJD 患者较少,病症发作后的存活时间大约在三个月到两年之间,后期会出现动作不协调或步行困难等运动失调和记忆、语言障碍等症状。通常,病情恶化极快。"

你父母也在场,所有人都沉默不语。我读过的专业书籍中说,CJD 患者大多在发病后数月内死亡。痴呆状态和运动失调会加速发展,直到最后阶段的无动性缄默。这就是聪明的研究人员为你将堕入的黑暗世界起的可怕的名字。

离开医院,我们去了附近的家庭餐厅。大家都渴了,不休息休息连回家的力气都没有。当然,唯一一个有精神的就是你。你点了巧克力圣代,大口吃着浇上了满满的巧克力糖浆的冰激凌。你语气轻松地说:

"只是又复习一遍,全都晓得了嘛!"

你爸看着我轻轻点点头:

"以后怎么打算?有什么事的话,回家住也行!"

你一边把圣代顶端舔得溜平一边说:

"爸,妈,谢谢啦!得了这种病,让你们担心,真对不住。"

你说话时,你妈将手帕按在眼上,忍住悲声痛哭不止。

"不过,我不想因为有病就要做些什么特别的事。还想跟以前一样,和太一君一起住,大学的课正常去上。家里会多回去,而且秋天的家庭旅行也要去,不带太一君。"

你爸含泪点头。秋季旅行肯定会没问题吧,但你注定看不到下一次新绿了。这样一想,一直控制着的泪腺一下子失控了。

你看看我,微笑着说:

"瞧,听说能跟我一直在一起,太一君也乐得流泪啦!唉,我有魅力,当然的啦!"

## 三十六

我们在那天的傍晚时分回到住处。雨中的黄昏短暂,还没弄清楚太阳什么时候落下了山,夜就来临了。我始终守在你身边,手拉手肩并肩,身体依偎在一起,心慌到觉得一不触摸你,你就会去了别处。

我们不再谈论病情,仅与你分享即将逝去的时光。不开电视不放音响的静谧之夜,两人都已极度疲惫,在铺放着床垫的阁楼上躺下时,还不到夜里十一点。

我做了个憋闷沉重的梦,梦里独自一人身处一个被火烧光的地方。跟那个白天一样,空中积覆着厚厚的雨云。在到处残存着炭化立柱的废墟上,我全身湿透呆然而立。不知何故,我了解到你死于这场火灾并被埋在脚下的瓦砾中,我匍匐在地将手伸进泥炭里试图找到你。

美丘……美丘……

我大汗淋漓地睁开眼,慌里慌张地摸索身边的床垫,空空如也,倒是狭小的单间里弥漫着什么东西烧煳了的气味。我在阁楼上一跃而起,大叫:

"在干什么呀!这个点儿!"

枕边的闹钟正指着凌晨三点半。顺梯子下来,跑进迷你厨房。你在当睡衣穿的运动衫上系了条围裙,水槽四周乱七八糟地散放着量杯、菜刀、调料。你满眼是泪。

"兴奋得睡不着,就想做个太一君爱吃的炖肉。"

你用央求的目光看着我。我探头往深底锅里看了看,肉烧焦了的气味直冲鼻孔,我赶紧关掉煤气。

"以前做过几十次的嘛,现在做到一半却不知道该怎么办了!太一君,我做不出炖肉啦!"

你在深夜的厨房里浑身哆嗦着,用拳头猛击自己的脑袋。

"我的脑袋不好使啦!我的脑袋不好使啦!"

我扑过去抱住你就地蹲下,一动不动地直到你身体完全放松。

你哭着说:

"今天去医院的路上也很危险,要不是太一君跟着,我就迷路了。新宿看起来就像从没见过的地方,昨天还稀松平常的事,今天就做不了了!每天这样,简直就是下地狱了啊!"

不管你说什么,我都不吭声,只是用力将你环抱在臂弯里。

"学校的课已经上不下去了,英语也看不懂了,同一个单词我这一星期反复查了好多次!不屈不挠,永不放弃地坚持到最后,笑死人!"

你边哭边笑,痉挛似的喘着气说:

"我能永不放弃地坚持到最后的就是变成一具空壳,纹丝不动地睡在床上。然后,连喘气都忘了,只能憋死!我该怎么办啊,太一君?"

你像只发怒的小猫似的呼哧呼哧大口喘着粗气哭个不停,我们就这样相拥在一起,甚至忘了时间的流逝。

"我去洗手间。"

你掰开我的手站起身来是在天快要亮的时候,我也伸开了麻木的双腿。看着一片狼藉的厨房,罐子里的半冰沙司似乎还没加,我打开罐子将沙司加进做到一半的炖肉里。冲水的声响后,你折返回来。我搅拌着炖肉说:

"没问题,还有救。"

在室内渐渐亮起来的二十分钟里,我一直在锅里搅拌。你一动不动地盯着我手上的动作。我勉强挤出个笑脸说:

"吃?"

"我就算了。"

"那我尝尝。"

我取出盘子盛上炖肉,切开从冰箱里抽出来的长条面包放进烤面包机。将里屋桌子收拾妥当后,你在我对面坐下,不无担心地盯着桌面。

"看起来一点儿也不坏。"

因为加进半冰沙司,炖肉里出了照烧汁。这样只要能忍得了焦煳味,大致就没问题。舀到勺里尝了第一口,味不是太冲,但咸得舌头发麻。

"怎样？吃得下？"

我赶紧啃口面包喝口水。

"嗯，没问题。"

我擦着汗专挑牛肉、土豆、胡萝卜、芜菁吃，尽可能不沾上炖肉酱汁。尽管嗓子火辣辣的，我还是将这一盘几乎全数吃光。你似乎注意到我的反常，刷地一把夺走我手里的勺子。

"等等！美丘！"

你将满满一勺酱汁送进嘴里。

"咸死人！用不着这么硬往下咽嘛！也不用管我怎么想嘛！"

你撂下勺子，跑去厨房那边，连肉带锅都扔进水槽，水槽受热变形嘭地发出钝响。我从后面抱住你，在颤抖着哭起来的你的耳边说：

"我代替不了你，你感受到的恐惧、憎恨我都一无所知。但我真心爱你，就算你不再是你，我还会永远跟你在一起。"

你一直沉默无语，过了永久的一半那么久后，你嘟哝着说：

"做饭、洗衣、打扫卫生都不能做了呢？"

"嗯，反正也不是因为你是个优秀的女管家才爱你的。"

"我不能说笑话了，不可爱了，也不能跟你上床了呢？"

"那的确太遗憾了，但还会在一起。"

"只会躺床上喘气了呢？"

"嗯，在一起。"

此时此刻,我大彻大悟。所谓爱情,并非什么难事,只要直到最后一刻都跟对方在一起就好,仅凭这一点,就能达到爱的最高境界。只是因为我们都没意识到这一点,才总是对自己是不是个会爱人的人而感到不安。

你似乎幽幽地笑起来。

"太一君真了不起!如果我是你,早就不管我了,现在可爱的女生要多少有多少嘛!"

是吗?可爱的女生真有那么多?她们中有几个跟我能像我与你这样身心交融?

"我喜欢吃,炖肉咸了也相当好吃。"

"硬着头皮吃的嘛!"

话音未落,你猛地回身吻住了我。不是早上好那种轻轻一吻,而是舌尖缠搅在一起,像是要将对方舌尖吸出来似的激吻。我们就势在晨光中亲热起来,爱得可谓火热炽烈。不知为什么,我想到了点燃的导火索,你就是导火索本身,燃尽自身热度并试图阻止时间的飞逝。

我从未有过当时那种令人恐惧的深不可测的快感。

如果我不一五一十原原本本地详尽讲述你发病后我们性生活的情况,肯定会被你耻笑为懦夫。那就在这里实话实说吧!最初一个月,真可以说是激情澎湃的日日夜夜。虽然我没统计,但像那个月那样的频繁海量的性体验,以前从没有过,在今后的人生中肯定也不会有第二次了。

你的欲望深不见底,你不分时间不分场合地向我索爱。在秋日晴空下的表参道上散步时,在去往大学的青山后街,在涩谷拥挤的人群中,在人人大气不敢喘的阶梯教室,在电影院或图书馆的角落,在去更换手机的店铺。欲望像道闪电,一旦在你眼中闪光,我们必须马上移至两人能够独处的地方,否则周围的人就会因我们俩释放出的光和热遭受巨大的伤害。

难背的单词和繁琐的菜谱虽说记不住了,我的弱点你可丝毫没忘,这常令我们笑作一团。照这势态,不管发生怎样的记忆障碍,性生活应该都不会受损。仅凭这一点,也算是种莫大的安慰。

日子在上学与上床的反复中持续了一段时间,你的表情相比前一时期似乎也恢复了平静。

我在放学后约你:

"不去咖啡馆坐坐?"

你点点头。此前在校园内是不拉手的,发病后你却总是牵着我的手,说害怕找不到教室。

我们去了常去的那家开放式咖啡馆。表参道的榉树行道树约有一半染上了秋色,因初秋气温尚高,剩下的还是绿色。我们向侍应生要了两份拿铁咖啡。我把你将自己的雅各布病情坦诚相告后我读过的有关认知障碍的林林总总的对策方案回顾了一遍。

"我说美丘,对脑功能恢复最有益的,据说是说、读、写。回忆过去的经历也叫'回想法',似乎是种很流行的疗法。"

你像是漠不关心地说:

"嗯?多说话有益?那么不住嘴地说些无聊的事就好啦!"

"说得对啊!所以以后不管有什么事,一定要多说!另外,可能的话,写点文章也行。"

大脑生理学家在某本书里写道:人类大脑拥有伟大的力量,即便损失了某条神经回路,其余部分为弥补其丧失的能力,会生出全新的脑细胞联结。我考虑的是,就算没有特效药,难道一点儿也不可能康复吗?你在端上来的拿铁咖啡里加入了三杯盛得满满的细粒精制白砂糖,用力猛搅。这好像是因为你自己在哪里查到过糖对大脑最有营养。

"晓得啦。从现在起,我每天给太一君写一封信。不怎么写东西,加上又是对付健忘的手段,别对内容有什么期待啊!"

我也假意迎合地说:

"好啊,还要多说,说说以前约会的事。"

你微微一笑。

"第一次上床呀、被麻理揍一顿呀、摇滚音乐节上滚了一身泥什么的,时间不长,回忆可很多啊!"

"嗯。"

虽然注意到你用的是"那已是一去不复返的事了"的口吻,但我并没吱声。你一直仰望着飘过表参道上空的淡淡秋云。

"那我今晚就开始写!不过太一君可不许看哟!"

"怎么不许?不给人看的信还有什么意义?"

我也学着你的样子加糖尝了尝,知道了是什么滋味。你吧嗒吧嗒地啜着拿铁说:

"所以嘛,等我没了你再看。当面给你看,多难为情啊!痴得更快啦!"

我们齐声笑起来。吃得太饱,痴了;上床太多,痴了;偶尔睡过头,痴了。这是你我间专享的拿命开的玩笑。你用商厦街天空般清澈的声音说:

"哎,太一君,以后我会变成什么样啊?我独有的特质到底是什么啊?许许多多的回忆、我常说的话、生活习惯等等吗?这些东西不断丢失的话,我真的还是我吗?"

在咖啡馆的室外专用桌上,我紧紧握住你的手。这是在这一时点上无法给出回答的疑问。还记得吗?你的声音突然颤抖起来。

"我害怕我不再是我,更害怕我完全变了以后,太一君不再爱我了。不过,要是我一个人的话,我早就自杀了。"

我的心如刀剜一般疼痛。可即便这种时候,我仍只能说些不疼不痒的话。

"不许张嘴闭嘴地说死。"

你微微一笑。

"知道。现在惦记着太一君死不了,但我对自己死了以后太一君会怎样可担心得不得了。因为你对重症患者有这么严重的依存症嘛!"

你发出沿表参道坡道滚落下去的枯叶般干巴巴的笑声。

"可以吗?有件事想请太一君记下。"

我抬头注视着你。

"我一直在想,能遇见你真好。我想,今天,哪怕仅这一瞬间,在这儿的所有人中,我最幸福。不管跟谁比,我绝对都是最幸福的!"

我环视着都心的表参道,路上满是来来往往行色匆匆的男女,或急于工作,或忙于购物。不愧为时尚街区,人人都打扮入时。光是映入眼帘的,就有数千人在呼吸在晃动。你将两只小手在我面前摊开。

"就我一个人注意到了。活着是个奇迹,没有永远活着的东西。其实在座的各位都心知肚明,生命是有尽头的。不过,能从身心最底处感知生命的美好与限度的,只有我一人。我说太一君,这个世界真美啊!"

你把手伸向我。你的眼睛如玻璃球般清澈,世界无瑕地映印其中。你用指尖抚摸我的面颊,像是很惊讶地说:

"知道吗?太一君也非常美。"

我抓住你的手。尽管沐浴在秋阳之下,你的指尖仍凉丝丝的。我无言以对。你浮上了我置身之处的遥远的高空,我用惯了的那些辞藻根本无法送达你的身前。你像个想到什么鬼点子的小男孩似的忽地露出笑脸。

"哎,为纪念这世界的完美,现在就去涩谷的情人旅馆亲热一番吧。"

你似乎终于从平流层的高度降落下来,我起身抓起账单。

"好啊!那今天豁出钱来,不坐地铁了,搭出租去!"

你将挎包斜背到肩上说:

"嗯,在出租车里忍不住了怎么办?"

我们笑着出了咖啡馆。当时还没意识到,下个月,困扰你的那个问题就会有答案。当一个人独有的能力统统消失,那最终还能算同一个人吗?就是这个看起来无法解答的难题。

不过,我现在知道了。纵然能力、记忆、知性统统丧失,一个人特有的人格依然存在,甚至更加光艳夺目。美丘,你那坦诚的心忘记炖肉的做法也好,忘光所有单词也罢,都依然纯美耿直,非你莫属。

秋的离去恰恰是我们走向离别的开始。我被像是变成了孩子的你的魅力所震撼,始终在你身旁计算着时间。离别的时刻渐渐逼近了。

## 三十七

将浮上心头的话语诉诸文字记录下来,是需要手、眼、心协同配合的高难度工作,此时脑中要有知性与感性的最高级别的关联来确保脑的运转。

我们写悲伤,于是悲上心头;写无止境的欢乐,于是感觉欢乐没有尽头。写秋意离去后的天空,于是想起通透高远的蓝天;写下秋日,则会想象失去热度的平和的橙色日光。

这种唤起力的全部,是由一个人生活过的时间中包含的无数个画面或记忆支撑着的。一旦手、眼、心的关系在某处发生断裂,将话语诉诸文字记录下来并表现自己都将难到令人绝望的地步。

丧失了意义的天空只是块蓝色天花板;阳光则成为无影的平面照明。风是冰冷的空气墙壁,雨则成了刺痛身体的令人不快的无数冷点。变成这种状态后,比自然景物更难想象的事物又会怎样呢?与爱过一个人的记忆、家人朋友的关系又会怎样变化下去呢?

你我在随之而来的十一月回答了这些难题,我们深陷这恐怖的同时,也体验到人心及其崩溃过程的不可思议。你是漩涡中的人,而我则是那个永远守护在你身旁的静静的观察者。

日常生活中天经地义的事开始变得遥不可及。不过,即使常有不痛快发生,你的人格也没见丝毫变化,这真让人感到惊讶。连写字都成了难事,表达复杂情感的对话缓慢下来也就成立了。

你表现出令人难以置信的坚韧与顽强,没有一句牢骚抱怨,因此,我也想痛痛快快地讲述你我生活中最后的点点滴滴。

平和的暮秋,是你我共度的最后时光。


平常根本算不上什么的书写行为究竟需要多大的力气呢?我在观察你的动作时有了切肤之感。白色信纸置于面前,你多是长时间呆呆地纹丝不动。从说起每天要给我写一封信的那天开始,最初的十几天还好,在自己的有生之年绝对不许偷看的秘密书信一点点增加起来。

但这样的日子也将走到尽头。仔细想来,那段时间我们的生活就是一点一滴逐渐放弃的过程。那天,在大学咖啡厅约见时也一样。你等我下课等了九十分钟,说要在这期间写一封信。下课后我冲出教室,奔向等在咖啡厅里的你。我来到窗边,将课本堆到桌上说:

"久等啦!今天的信写好了?"

你不知所措地抬头看着我。白色针织帽跟你很相配。

"好像已经写不成字了。"

语速比以前慢了许多。静静地等待下文、侧耳倾听你的声音已成了我的新习惯。目光掠过摊开在你面前的信纸偷瞧一眼，仍是白纸一张。

"字也全忘光了，十画以上难写的汉字已经写不出了。"你无力地笑着说。

"唔。"

双腿像是瘫软了下来，我一屁股坐进椅子。

"别勉强自己……这，什么时候开始的？"

"该有一个星期了吧。"

每天一起上学，我却连这点事都没注意到。

"稍后陪我去买东西。"

雅各布病发作后，你想要的东西，几乎都跟第一次买一样。

"没问题！买东西不急，下一节课快开始了。"

课是位名誉教授的纪念课程，不管是谁，只要来上课就能拿学分。不光我俩，我们小圈子的成员也一个不落地到齐了。只需交上简单的作业便可铁定拿优，大家都是冲这来的。

"那走吧！"

我盯着缓慢却又用尽全力地收拾着桌面的你。我们总是无意义地风风火火，其实从你的动作中能发现很多的变化。

阶梯教室百分之八十的位子上坐了学生。跑进教室时间刚刚好的我们已确保在前面第三列有座了。这里坐着麻理、直美这样的认真做笔记的优等生,还有邦彦、洋次这种勉强不迟到的学生,两种形成鲜明对照的类型集合在一起。

"这么晚,最近见不到啦!"邦彦向我示意自己身旁的空位,小声嘀咕道。

是我不愿意让你跟老朋友们见面。

"抱歉!"

没办法,我和你并排坐进这里。举止优雅、刚刚步入老年的教授开始讲课。

"上次谈了弗洛伊德,今天学习二十世纪初期弗洛伊德的伙伴、奥地利心理学家阿尔弗雷德·阿德勒。"

我打开课本与笔记本,写下 A·阿德勒。看看你,你面前只有摊开的白色笔记本。教授像启动了开关的机器似的滔滔不绝。

"弗洛伊德主张理性与情感、意识与无意识的对立,而阿德勒是将人作为一个不可分割的整体来看待的。说起心灵创伤,大家也经常在电视剧里看到吧,是在幼儿期等过去的时间里造成的深重的精神创伤。弗洛伊德很重视心灵创伤,而阿德勒心理学认为心灵创伤的影响有限,决定一个人的人格的并非过去而是这个人的希望及将来的目标。决定人格的是未来而不是过去。"

乍听之下似乎充满希望,但这话说得非常残酷。那么,未来之门被关闭的你还剩下什么?没有未来与希望,一个人能作为这个人本身活下去吗?我心里像被浇了盆冷水,目光转向你。

你面对讲台坐得笔直,认真专注地听着教授的论述。如果只是说认真,可能还无法完整地传达当时的意境。大多数学生为轻松拿到学分而选择的大教室里,唯独你一人的认真专注是豁出性命的。你将铅笔握在手中,在雪白的笔记本中央大大地写道:

未来 希望 人格

写的是平假名①,字体像小孩子写的字那么幼稚。光是看到那几个字,我就已热泪盈眶,我小声说:

"不愿意听的话,我陪你出去。"

你慢慢摇摇头。

"优倒是不需要了,不过想仔细听听。"

你轻轻笑笑冲我点点头,像在说没问题。被你的勇气激励着能够积极向前走下去的就是这样的瞬间。我将视线移回教授身上,用绝不输给你的认真劲儿做起笔记。

---

① 平假名:日语音节文字的一种。

## 三十八

下课后,我当即就想起身离开。你发病后,我们尽量避开以前的小圈子。洋次和邦彦经常给我发来短信,我以打工及两人生活较忙为由拒绝了邀请。

那天也想躲开朋友们。你微笑着紧盯着笔记本。未来、希望……这些本来就是挺可怕的字眼。

"那,走吧!"

我催你,想先离开教室,你摇摇头。

"好久不见了,想跟大家待一会儿。"

邦彦并没注意到你的异样,精神头儿十足地过来打招呼。

"美丘,你这家伙说话怪声怪气的,去喝杯茶怎么样?"

家教良好的洋次关切地问我:

"打工时间没问题?感觉太一气色不太好。"

你不眨眼地盯着我,使劲儿点着头说:

"我没问题!去表参道咖啡馆吧!约上麻理和直美。"

"可不是嘛!至少说说同居生活的轶闻嘛!可能的话,稍来点黄段子。喂!麻理、直美,喝茶去!"

邦彦挥手招呼坐在几排后的座位上的另外两个人。

暮秋的黄昏，表参道上空已完全染上了夜色，涩谷那边只在高楼上部还残留着清莹的晚霞之光。我们溜达出校门，向今年夏天常去的开放式咖啡馆走去。

穿着半袖T恤，天真地以为未来在面前无限延展的那个季节距今只不过区区四个月。我们将两张桌子拼在一起各自坐下。仍然不是外国人或俊男美女常坐的通道侧的最前排，还是第二排。可能三个女生觉得风有些凉，从店里借出毯子来搭在膝上。

直美乐呵呵地说：

"感觉六人很久没这么齐了，到底是大家都在比较好。"

我们这小圈子里的冰雪公主没摘下手套就端起热可可杯，斜眼看看你，表情严肃起来。

"突然说要跟太一君一起住，最近又一点儿消息也没有，很是担心啊！以为美丘要脱离我们呢！"

邦彦双手插在彪马夹克口袋里说：

"算啦算啦，回来了不是吗！不过你俩这段时间在忙什么呢？不是净闷在屋子里亲热吧！"

直美撅起嘴。

"能不能别一上来就说那些？"

照惯例，对口相声像是又开始了。气氛不错，就这么适当聊几句早点回去吧。我很担心你的身体。你身上蓝色双层风衣的牛角扣系到了颈部，脖子上缠着白色围巾，还戴着同色系的白帽子，显

得极为稚气无瑕。你用平静得异常的目光看看我,突然说道:

"我最近一直往医院跑。"

我缓缓地扫视观察着朋友们的表情,感觉全身力气在一点点泄掉。

邦彦笑闹着说:

"这是什么意思啊?别乱开玩笑!还有,听听你怎么说话,突然间悠闲起来啦?"

你极富耐心地笑笑。

"不是开玩笑。我得了克雅氏病,瞧这里。"

我屏住呼吸,这时你从头上摘下针织帽,像要鞠躬似的,将头垂到开放式咖啡馆的桌面上。分开头顶部的头发,那儿有道干白的疤痕。

"上幼儿园的时候,发生交通事故,头盖骨骨折了。当时移植的是从国外进口的硬膜,感染上了雅各布病。"

邦彦尖叫起来:

"什么意思?到底是什么病啊?"

麻理怔怔地看着已重新戴好帽子的你。

"我看过新闻影片。雅各布病,是跟 BSE 一样的吧?"

直美听罢脸色苍白。

"脑子会变成海绵那样?"

我心里清楚,在场所有人的脑海中都浮现出了感染 BSE 后腿脚颤颤巍巍的小牛的画面。我真想掀翻桌子带你回去,但这时你表现出了我远不能及的坚强。

"嗯。我的脑子好像就在渐渐变成空壳。没跟大家见面,是不想被看到以前能做的事现在全都不能做了。我已经不会做炖肉了,新店的地址也记不住了,难写的汉字不会写了,喜欢的歌手和演员的名字也想不起来了。说是一直在潜伏期,结果有点提前发作了。"

让人误以为进入隆冬时节的寒风,扫过入夜的表参道。洋次盯着自己的脚尖说:

"不过,这……该怎么说啊……不是致命的吧?"

你慢慢摇摇头,眼睛眨也不眨地盯着洋次。

"不对,是致命的。无法手术、没有药物,也没有治疗方法。只能任凭脑袋里面变成空洞,然后我就玩完了。"

爱哭的直美用手帕拭着眼睛,带着哭腔说:

"为什么美丘会得这种病呢?做手术不是为了救命吗?结果却把这么可怕的病传染到小孩子的脑袋里,我真不敢相信!"

邦彦像是对什么暴怒起来,抖着膝盖叫道:

"美丘怎么这么冷静啊?!对你做出这么过分的事的人在哪儿呀?绝对不能轻饶!"

洋次也紧接着继续道:

"我也绝不轻饶!不过,到那什么'玩完'的时候还有几年几十年吧?"

你每次要对谁说什么的时候,总要直直地盯着那个人。先移开目光的是洋次。

"因为感染这种病的人不多,不了解准确的情况。但从发病后三个月到几年的时间里,驱动头脑乃至身体的力量会全部丧失。从脑袋里发不出信号来的话,喘气、吃饭就都不会了。"

邦彦像是陷入了极度恐慌,他大叫着几乎要跳起来。

"这是什么意思啊?美丘不可能死吧!明明这么有精神!怎么会哪?!太一,你都知道?啊?说话啊!"

感觉心里的某处像是破碎了,我听到的声音冷静得似乎已不是自己的了。

"发病后,我和美丘两人一直吓得发抖。也诅咒过什么人,也发过脾气。我也说过想一起死,但她不许我那样,希望我守护她到最后一刻,希望我作她曾经活过的证人。我答应了。"

所有人都陷入沉默。只有你一人脸上仍挂着坚强的微笑。良久,默不作声的麻理开口了。她的身子倾向你那边,跟你一样慢慢地说:

"美丘,你希望我们怎样做?我们能为你做什么?什么都可以,说说看,只要能做得到,我们什么都可以做。"

我重新认识了麻理的聪慧与刚强,并非只是摆摆样子叫声公主的。你向麻理伸出手。麻理摘下手套,握住你的手。话语从你口中缓缓流出。

"请看着我的眼睛慢慢说话,做到这一点就大不一样。用太难的词或说话太快,有时我会听不懂,但只要盯紧我的眼睛,我就知道不是在生我的气。我做不了的事多了很多,可我还是我,这跟以前根本没有两样。很高兴大家愿意帮我,不过在我求助前请大家什么也不要做,跟以前一样就好,只求大家能耐心看着变得慢吞吞的我。我已经一次只能做一件事了,大家哼着歌就能轻而易举地办得到的事,我却得认认真真地全力以赴才行。"

麻理的心其实根本不像冰那么冷,她目不转睛地盯着你的眼睛,泪水扑簌而下。

你转向我这边说道:

"听了今天的课,我有些想法。我可能没有毕业后的未来了,不过感觉明天总还是有的。写字、记东西、回想什么事越来越难了,可我还活在这儿。本来就不必需的东西,今后会不断被剥夺干净,最后应该只剩下一个赤条条的我了,那时候的我会是个怎样的人啊?"

你直直地盯着我。为什么人的眼睛并不大,而目光却如此深邃呢?

我只能点头回应你。你写在笔记本上的字又鲜活地浮上我的心头。未来,希望,人格。

"刚才说过了,构筑一个人的人格的,不是过去的伤痛,而是对未来的希望。我会不断地损坏下去,但同时也会生出个新的来。我想造出一个最终留存于世的我自己,想见识见识最后能见到一个怎样的自己。要请大家帮忙的,只有这一件事。为能成为我自己,请大家助我一臂之力!拜托!"

你说完再次摘下针织帽深鞠一躬,发间的白色小径清晰可见,像是在闪着夺目的光芒。麻理和直美不加掩饰地失声痛哭,洋次和邦彦则用手捂住了眼睛。我几次用指尖擦拭着泪水,竭尽全力地始终注视着你。

"这就是我最后的请求,明天开始拜托大家!"

麻理说:

"来,大家来拉起手。在座的成员要组成守护美丘的团队,可以吗?"

这场面看起来怪怪的。开放式咖啡馆昏暗的一角,六个忍不住要哭出来的大学生围坐桌边手拉手连成了一个圆圈。你在那个黄昏,第一次流下泪水。

"感觉我当主角不太对劲儿。"

邦彦笑中带哭地说:

"真是这样啊!这种时候,最漂亮的才是女主角嘛!美丘做事真是一贯胡来啊!"

你抿嘴一笑,又露出以前的表情。

"嘿嘿,早就说邦彦根本就是个爱哭鬼嘛!"

我们哄笑起来,相互指着哭肿的脸哈哈大笑。虽然有几次松开了手,但在最后离开咖啡馆前,六个人始终手拉着手,这是自打离开幼儿园以来,很久没有的事了。

跟朋友们如此这般一条心的感觉可能是头一次。美丘,这也是你留给我的回忆之一。

## 三十九

那天晚上,在东京地铁的表参道站与大家分手道别时,才刚过七点。你挽着我的胳膊快活地说:

"哭一气感觉肚子饿啦!吃点饭然后去买东西吧?"

早已忘到了脑后,你说过要我陪你购物。

"好啊!想吃什么?"

我直直地盯着你的眼睛,你刷地避开我的眼神说:

"光是问问这点事,不用那么认真地盯着眼睛看也没关系!太一君的意思大体明白嘛!"

你对麻理说的话,我执行得过于死板了。

你莞尔一笑,说道:

"想去涩谷吃博多拉面和高菜炒饭,饺子一人一半。今晚要太一君请客,工钱拿到了不是?"

说声"好的",我们走向通往地下的自动扶梯。你向自动售票机那边瞥去,又盯着头顶上悬挂的路线图说:

"从地图上找车站、买车票可能已经很难了,还好有这种方便的东西。"

从口袋里摸出乘车卡,我们过了自动检票口。你像吊在我胳膊上似的边走边说：

"其实，我今天要买个 iPod，容量最大的那种。"

硬铝地铁列车向半藏门线站台奔来，我说话的声音盖过了风声。

"为什么呀？有什么想听的音乐吗？"

我想起最近看过的有关预防人脑老化的书。书上应该写着莫扎特快活的长调音乐就有抑制脑功能下降的效果。

"不是，不是音乐。我写不出信了，但还能说。所以我想多说话，把说的话录下音来。"

我们挤进地铁车厢，晚上七点的拥挤程度很接近高峰时间。我被你的话深深打动，相依相偎的我们被挤在了门边。你向上翻着眼睛对我说：

"肯定会腻烦，因为我的声音要几小时、几十小时地录下来，要让你不管什么时候都忘不了我的声音。"

在载满乘客的电车里，我抱紧你的身体。

"喂，怎么啦？"

你慌了，我仍没松开手臂。

"几十个小时，几百个小时都没问题，要把一辈子的话都留给我。你刚才在咖啡馆说的也该录下来，被那些话感动哭了。"

"那些话啊，再给你说一遍！"

你像小猫一样将戴着帽子的额头抵在我胸前。驶往涩谷的电车摇得我们很舒服，我甚至在想整个夜晚都这样跑下去该多

221

好啊！那样一来，我就可以一直拥抱着你，守护着你。

然而无论什么样的列车终归要驶向终点。虽然说话做事稍稍变慢，可你依然活泼开朗，但即便如此，你竟仍没能挺过今年的圣诞。在穿行于漆黑隧道中的车厢内，我们完全没有意识到，无尽的黑暗就等在前方。

## 四十

　　见过暴风雨肆虐的天空吗？

　　暴风雨过后的空中飘浮着斑驳的断云，云层下侧黑黑的，像洒上了墨汁，被阳光照耀的上半部则明晃晃的闪着白光。云朵间刀子一样锋利的光线透射下来，闪着耀眼的强光包覆住还没全干的街道。十二月的你，就像那暴风雨平息后的天空。

　　怏怏不快几乎成为常态，而且总是心情沉重精神郁闷。对丧失的能力及记忆难过不已，对等在面前的黑暗恐惧得无以复加。你几次试图伤害我，以为这样我就会拂袖而去。可能是不愿让我看到被病痛折磨得痛苦不堪的自己吧。

　　好在仅过了极短时间，你的眼睛重新闪现出昔日的光彩。像暴风雨中的云层断裂开，照射出来片刻的光芒。身子虽然不听使唤，意识却很清晰，就连脑筋也转得不比以前逊色。每当这时，我们就尽可能地多聊。聊过去众多的回忆、聊现在的心情、聊今后的愿望。

　　可是阳光灿烂的日子总也无法长久。有时候你能像以前那样连续几小时谈笑风生，然而多数情况只不过几十分钟或几分钟光景，你就又回到黑暗之中。闪亮的瞳孔不再发光，如泥污一般浑浊黯淡下去。目睹你在我眼前消失,实在难以忍受。你不在之后,我当然有了将自己关在狭小的浴室里闭门不出的理由。

美丘,对于最后时刻我对你做的一切,我至今没有半点悔意。假如又有同样状况出现,我肯定还会同样痛苦并做出同样的选择。只有最后时刻无法将你的心思用语言严格核实这一点,才是我最大的遗憾。

至此,你的故事已讲到最后阶段。我不会忘记你,知道这故事的任何一个人都不会忘记峰岸美丘——这个略显奇特的女生吧! 如春之风暴,如夏之闪电,飞驰过短暂人生的你,一定会永驻我们的记忆之中!

是这样。你极端任性暴烈,因为你,我被迫在很深的层次上改变了自己并心智大开。

知道吗?我至今依然不必入眠就能清晰地梦到你。


进入十二月,你出现步行困难症状。说话极慢,表达复杂的、抽象性的思考,于你而言,已难到了令人绝望的程度。

购物时货款的计算、复杂的料理菜谱、专业主修的英美文学等,似乎已完全从你脑中被剥离干净了。

我跟你父母商量,租了一张护理用的小床放置在狭小的单间里,因为你已经很难爬上铺着床垫的阁楼了。我上学的时候,你妈或你姐来代我照看你。不久前我辞掉了工作,因为不想失去与你在一起的所剩无几的时间。不记出勤的课,我也没时间去上了。只要时间方便,我尽可能陪在你身边。

那是个星期一,今年首次寒流来袭的日子。你的声音极度微弱,在我们的白色房间里,时间流逝本身似乎都变慢了。

"我、洗、洗手间。"

在支起上半身的护理床上,你扭动着身体。我从床边的椅子上站起身。

"等一下。"

一个人的体重,即便像你这样个子不高的人,也有相当的重量。虽然不至于造成腰痛,但有时候肌肉也会出现酸痛的情况,我从护理书籍中学会了抱起一个卧床病人的方法。抱紧,双手在腰后扣在一起,身体紧贴在一起翻滚似的起身。

"对、不、起。"

你用从腹腔泄漏出的气息道歉。两人并排侧身坐在床上,我不带一丝怨气地说:

"没问题,美丘你轻得很嘛!"

这一时期,我的语速跟你一样缓慢。你听不懂话里的意思时,会揣摩我的表情,因此表情不能严肃不能忧伤。你的左腿几乎不能动了,我把身体探入你的右侧腋下,准备一起站起。平时这样就能站起身来。腰上用力试了两三次,毫无效果。你拍打着本应能动弹的右腿叫道:

"太一君,我、最后的、腿,不行了。"

你绝望的面孔就在我身旁。眼睛深不见底,仅有表面被泪水沾湿。眼见抽搐般的恐惧在泪眼正下方划过。我抱紧你说：

"没问题，没问题。"

在最后一个月里，这句话我重复过多少次了？我当然不会比你先表现出忍受不了的样子。我抚摸着你的头，等你的哭声稍稍平静下来，我跪在床前。

"我背你。"

双腿用不上力气的你，扑倒似的紧攀在我的后背上。我大腿打着战站起身子，向洗手间挪去。你的泪水打湿了我的脖梗儿。扶你在坐便器上坐好，我到外面关上门。无力的水声过后，是冲洗水流的声响。你的声音透过薄薄的墙壁传来。

"我的、腿、也、不行了。到时候、连小便、都不能、自己、擦了。"

我爽快缓慢地应声道：

"没问题，到时候我为你擦。"

"谢谢你。但是，不能这样了，去医院。"

这是你第一次提出要住院。一旦住进医院，就不可能再回到外面的世界了。你特别不喜欢医院。

"可我们还能再坚持，还有你妈和你姐呢！"

我听到你静静的哭声。

"已经、不行了。现在、还好，可我、常有、没了记忆、的时候。做过什么、说过什么、根本、记不住。有没有、对太一君、和妈妈、做出、过分的事，害怕得、不得了。"

你几次抽搭着鼻子说。我无话可答。

"现在、也是、咬牙忍着。只有我、成了这样,大家都、健健康康,我恨得、要死。不想让、太一君、看到、最后、变成鬼、的我。"

我眼眶发热,泪水滚落到了木地板上。即便这样,我的声音里仍绝不流露出一丁点正在哭泣的痕迹。

"变成鬼也没什么,美丘这么可爱的鬼,大大的欢迎。还是待在我身边,晚上早晨都在一起更好。"

但你到底是峰岸美丘,话一出口,绝对不会再听别人说什么了。

"不行。从这里、出去、看到、太一君、的脸,就去不成、医院了。马上、给妈妈、打电话,要尽早、住院。"

感觉心底裂开,所有一切都倾泻而出了。但我无法暴怒,不能吼叫。你的悲痛肯定是我的几千倍不止。

"绝对、必须、那样。"你缓慢、准确地说。

在旁边的我清楚地知道这需要付出多大的努力。

"求你、太一君。趁我、没改、主意。快。"

我咬住手掌,克制着不哭出声。嘴里尝到血的味道,才稍稍冷静下来。我又用爽快的声音说:

"晓得啦。美丘吩咐的嘛,全都照办。不过,绝对每天都要去医院。就算你不愿意,我也要陪美丘进洗手间。"

你轻轻笑笑,在洗手间里说:

"没问题,没问题。"

## 四十一

你住进的是位于西新宿的大学医院。这栋绝不比周围超高层大厦逊色的高大建筑,与其称作医院,倒更像座豪华酒店。窗外是让人联想起空中浮城的都厅、副都心出人意料的绿色浓密的风景。小小的单人病房里,我每天都陪在你身旁。

像是紧绷的线突然断掉,你住进医院后便没再开口说话。身子也不怎么活动,只有目光全神贯注地追随着窗外冬日闪光的云朵或手捧大学课本的我。

那是十二月中旬。得知一切都已完结的那一天,是个像往常一样平和、晴朗、没有任何异样的普通日子。我上完第三节的经营学课程,来到你的病房,仍像平日一样带去了在新宿地下街花店买的花,记得那天是粉色的迷你玫瑰。

为避免吓到你,我在敞开的门口轻轻敲敲门框招呼道:

"今天身体怎样?"

你坐在轮椅上望着窗外。你慢慢转过身,背对着微微涂上夕阳光彩的云朵。浑浊的目光恍惚地捕捉到我。

"这些课都无聊透顶。"

你看着我,满脸的不明所以,黯淡的眼神像是蒙上了一层毛玻璃。我拎着小小的花束，慢慢靠近窗边。

"怎么了？"

你在轮椅上后仰似的颤抖起来，身体抵在椅背上，像在试图躲开我。我跪在你身前，确保两人视线等高。

"美丘，不认得我了吗？"

我把手搭在你颤抖的肩头，你娇小的身躯因极度紧张而变得硬直。我焦躁起来，不知不觉间，胳膊上加大了力道。

"是我啊！太一啊！和你一起住的太一啊！"

我摇晃着你的肩膀，我已陷入恐慌状态。不管症状如何恶化，都不可能忘记每天见面的我。我天真地对此深信不疑。其实你才是那个怕得要命的人吧！突然被一个陌生男人抓住肩膀，拼命地摇晃身体。你"嘿嘿"地发出微弱的叫声。

接着，你身上睡衣的前面洇湿了。从你体内流出的液体溢出轮椅座面，在地上形成了一摊水。你只顾摇头，我松手放开你的肩。

"没问题，没问题。"

我站起身，从单人病房的橱柜里取出毛巾，跪在地板上用毛巾擦拭你的小便。为不让你看到，我垂下头任凭泪水滴落到瓷砖地面上。从头顶上落下一个凄凉无助的声音。

"太一君，我……"

抬头，看到一丝光彩又回到了你的眼中。

"自己、是谁，太一君、是谁，都不知道了。"

尽管没马上让你看到我的满面泪水,然而你却觉察到了这一切。

"好怕啊,我、没了。好怕啊,没了、没了。我、没了、没了。"

我们在轮椅上抱在一起,忍住哭声呜咽起来。不管向谁求助都无济于事了,你即将离我而去。想到这里,泪水如决堤的洪水,再也抑制不住。

过了一会儿,你说:

"今天、回去吧。拿着、白苹果、回去。"

白苹果是在涩谷廉价店买的iPod。我点点头。想帮你换衣服,但你肯定不愿意吧。我拿起白色播放器,去护士站叫来了护士。

冬日傍晚的云朵飘荡在新宿上空,冷冷地燃烧着。每每想起你,就禁不住热泪盈眶。因此,深色太阳镜成了我的必备物品。我戴着黑色眼镜,在超高层大楼脚下没头没脑地奔来走去。既不想乘地铁,也不愿直接回住处。

插上耳机,将iPod调至播放模式,你的声音传进我耳中,连呼吸声都听得真真切切。

"喂,这样可以吧!太一君,听到了吗?"

还是在你出现语言障碍前的圆润的声音。你的声音让我留恋得仅仅这部分就重放几千遍都听不够。

"还记得跟我第一次见面时的事?在大学屋顶花园翻越围

栏那天。当时想的真是干脆死了的好！什么事都不顺利,什么事都麻麻烦烦。不知道什么时候发病,每天活得也不安心,干什么都没意思。轻轻一跳,就彻底轻松了。这些全都录上了？"

下班的工薪族及年轻情侣们河水般涌向新宿站。只有我一人远离车站逆流而行。嘴里喃喃自语：

"听得清楚着呢,美丘。"

你的声音听起来很兴奋。我戴着太阳镜又是哭又是笑的。

"思前想后的烦死人,跳下去算了！正想着呢,太一君突然出现了。头发干干爽爽的。说什么,'你没打算自杀吧',真可笑！就是鼓着劲儿来自杀的嘛！可一起站在二十二层高的空中阶梯上时,太一君看上去真像个天使。啊啊,这个人救了我！说不定活着也不错嘛！"

我来到新宿中央公园,在十二月的长椅上坐下。只有你所在医院的顶端还暴露在夕阳余晖中。

"旧事重提就算了吧,倒要说说还记得跟我的约定吗？黎明之约呀！越后汤泽的摇滚音乐节。真心希望你遵守那时的约定。当我不再是我了,希望用太一君的手做个了结。绝不想脑袋变成空壳了,光是身体还活着。当时说的都是真心话。我希望自己像活着那样死去。"

脑袋像被猛击了一下,我跟你做了个可怕的约定。你不再是你的时刻正逼近眼前。

"绝对要遵守约定哟！我还从来没这么认真地求什么人办

过什么事呢。一个可爱的女生死前最后的愿望嘛！不遵守就不算男子汉！就不是我最爱的太一君！"

你嘿嘿嘿地笑起来，喘息声像是贴在我耳边。我全身起了层鸡皮疙瘩。西斜的太阳将天空映照得鲜艳似火。我僵直地坐在长椅上，就这样一动不动连续几个小时听着你的声音。即便这样仍不能全部听完。

你的录音超过了二十个小时。那天夜里我坐上末班车的前一班地铁，回到没有你的单间公寓。

## 四十二

像是走下了昏暗的阶梯,你的病情每况愈下。

不认得我是谁的那天过去数日后,你已经起不了床了。能动的只有右手和颈部以上。语言被极度压缩,偶尔发出的音仅是个单词而已。问你是不是需要什么东西,你只能靠眼神和眨眼回答。YES 的话,闭一次眼再睁开。NO 的话,眼球左右转动。

我和你妈、你姐轮流照顾你,等待着你不再是你的时刻的到来。那时候我到底会做什么呢?我一会儿摸摸你的脚,一会儿握握你的手,自己也下不了决心。

我还记得最后的希望——你的右手也不能动了的那一天,那天同时也是你的语言能力彻底丧失的日子。我坐在床边,呆呆地盯着周刊杂志,里面的内容根本没往脑袋里进。我松开你的手想去自动售货机那里买杯咖啡什么的,在病房时,我总是拉着你的手。这已成了习惯。

我在门口站住,回身转向病房。你细细的指尖从床上耷拉下来,手像浸湿的毛巾一样绵软无力。搁在平常,虽说慢点,那只手还是能收回床上的。我慌忙返回床边。

"美丘,手怎么啦?"

右手无力地伸着,连颤抖都没有。再看你的脸,你面向天花板,从眼角到耳边出现了一道泪痕。我害怕得不得了,轻轻问道:

"不能动了?"

你闭了一下眼,同时又有一滴泪水流下来。我跪倒在地,捧起你的手,并将这温热的手贴在脸颊上,我又跟你一起哭起来。为这无法再动的手痛哭片刻后,我将你的右手放回床上离开了病房。

临近圣诞,你的身体情况急剧恶化。向身体发出指令的脑力丧失后,连呼吸和吞咽食物都变得异常困难。你躺在上半身稍稍支起的床上,只是呆呆地望着天花板。靠眼神和眨眼勉强能够表达心思,但当光彩从你的眼中消失的时候,连这都成了难题。你的状态如同暴风雨中斑驳陆离的天空,意识的开关完全交由狂风摆布,任其或开或关。当你眼睛里出现光彩时,不管什么,我总要和你聊上几句,而那光彩在你眼中消失时,我也陪你一起沉默不语。

圣诞平安夜前的12月23日是个周末,那天很难得,你妈和美玲姐都来了。她们说稍后你爸也会来。沉重的话题、有关病情的话题我们一概不谈。你的眼睛光闪明亮,你还是你。你听到了我们聊天的证据就是,当三人笑起时,你时机精准地眨起了眼。

"大学那边情况怎样？"

你妈问我的时候，床边传来奇怪的声响。

"喂，美丘想要说什么，安静。"

美玲姐探身到床上，将耳朵凑到你嘴边。

"约——约——约——"

她读着你的口形说道。

"约——定，约——定。"

美玲姐脸上放光，她撩起头发，看着我和你妈。

"是说'约定'。哎，美丘，要怎样约定？是要谁遵守约定吗？"

你在床上眨着眼睛。

你妈说：

"奇怪啊，我们没什么约定啊。太一君跟美丘有过约定？"

两人的视线集中到我身上。我屏住呼吸盯着固定在你鼻孔下的透明氧气管，床的左边则是溶入足量营养的点滴输液架。辅助呼吸、辅助营养，因为这两样东西，你才勉勉强强地将生命与这个世界联结起来。我不知该如何回答。与你的约定确实约定了，但我能将宝贝女儿和妹妹从你家人身边夺走吗？

"什么啊？没记得什么约定啊。"谎言让我的声音嘶哑起来。

你左右转动着眼球，说NO！美玲姐又向你俯下身子。

"约——约……这个已经明白了，美丘。约定什么？"

我已经忍受不了跟你及你的家人一起待在这狭小的单人病房里了。出门前，我向你妈和你姐深鞠一躬。

"怎么啦,太一君?我爸也想见见你呢。"

听到美玲姐的话时,我头也不回地说:

"有课,今天我先告辞了。"

像要砍断什么似的,我离开了你的病房。

回家路上,你的话仍在我脑中挥之不去。约定、约定、约定。我从背包里摸出 iPod,戴上耳机。为再听一遍你的声音,我来回旋转着圆形操作盘。当我不再是我了,希望用太一君的手做个了结。一个可爱的女生死前最后的愿望嘛,不遵守就不是我最爱的太一君。

你就算卧床不起了,仍然信任我,而我却连遵守约定的勇气都没有。你的声音流进被地铁摇晃着的我的耳中。

"然后呢,以前也说过,太一君最好更自由一些。总是硬逼自己迎合身边的环境不是?别再那样啦!要活得更自由、更像自己,连我那份也精精神神地活出来!喜欢朋克,就把头发染成大红色,直挺挺地竖起来!难得的学生生活嘛,不张扬一番多可惜啊!"

地铁驶近表参道站了。每当经过轨道接缝,硬铝车厢晃动起来时,我的决心也越来越坚定。必须遵守约定,那是你我的生死之约。

我听着 iPod 登上通往地面的台阶。冬日的天空在表参道光秃秃的榉树行道树上方晴朗光亮。透过太阳镜远望这一片蓝色,泪水又溢满眼眶。我在十字路口拐角停下,打开手机,选中常去的美发店,预约了明天早晨的一号。趁自己还没改主意,要不断行动。

为准备与你共度最后一个圣诞平安夜,我快步回到住处。

## 四十三

平安夜那天的早晨异常寒冷,好在天空相当晴朗。天上飘着能一眼看透的冬日的云朵。我将珍藏的黑色西装从衣橱里取出穿在身上,腰部、大腿处都裁剪成瘦得捏不起布料的式样。

衬衣是白色,跟绳一样细的领带则是黑色。我穿好前一天擦干净的黑皮鞋来到街上。青山的后街上有无数家美容院,其中之一是你我有时一起来理发的小店。

一走进这混凝土外墙的建筑,店长就迎了过来。

"哎呀,好久没来啦太一君。头发有点长了啊,今天没跟美丘小姐一起?"

店长身上的珍珠蓝色衬衣敞着怀,我和你经常讨论他是不是个真的同性恋。美容业中男色交易也不在少数。美容店里的所有一切都是纯白色。白色大理石地面、白色皮椅、壁纸也是白的,镶在框里的装饰图样中,白色也几乎占据了全部面积。镜子里,店长揪起我的发梢问:

"烫的发差不多都直了,再烫得稍重些?这次怎么搞?"

连我自己都很清楚自己的表情有多僵硬,我狠狠心说道:

"请给我染发!"

"嗬——真新鲜！要什么颜色？"

"大红色，然后用喷雾发胶让头发直立起来。"

"就像我年轻时的朋克发式。哎呀，有点技痒啦！要当礼物吓美丘小姐一跳吧！"

店长取染发样册去了。我盯着镜子里坐在椅子上身穿黑西装的年轻男子。面无表情。马上要去对什么人做最后的告别的家伙，才会是这样一副表情吧。我像要伸长脖子望进井底似的不错眼珠地盯着自己的脸。

洗发剪发后，染发开始了。因为将长方条形状的塑料板挂在头发上的二十分钟里无事可做，我又听起你的声音。你在播放器里天真烂漫地接着讲述。

第一次见面的屋顶；咖啡厅遭人打脸的女生决斗；新加入的我们的小圈子；尽管对我有意思，于自身而言却很罕见地让给了麻理；将流氓的门牙用定位球脚法踢断的涩谷之夜；初次接吻的湖畔别墅。

泪水模糊了我的眼睛，我在纯白的美发店里戴上太阳镜。镜中的家伙在太阳镜下哭泣，泪流成行却又听着录音不停地微笑。

你的声音在继续。给麻理扇耳光的雨天的下午；与我第一次拥抱的七月的大热天。这时我的心被揪得生疼。第一次亲热后，你向我坦白自己的病情。当听到我说即便如此仍会与你交往时，你简直开心死了。两人四处看房，第一次同居。你的声音如梦似幻,我一边哭一边笑。

然后,秋。

发病及日渐丧失的自己。不管自己多任性却始终守护在身边的我为你带来的巨大帮助。你从来没说出口的感谢的话语,都悄悄地录进了这白色的播放器里。我已哭得像个傻瓜,稍后一定会眼睛红肿脑袋疼痛吧。

最后的最后,你说:

"我能遇见太一君真好。说起来简单,可我没有更好的表达方式了,说不出更复杂的话了。能遇见你真好,真是太好了。不管我病成什么样,身边都有太一君陪着,我总是想,就凭这一点,这世界就不算坏。谢谢你,真心爱你。然后啊……"

听出来你在哭,过一会儿,又听到你深呼吸的声音。

"……然后啊,还得遵守约定。我死后,要忘掉我哦!要另找人正儿八经地谈场恋爱,一定要幸福快乐。老是拖着我不放手可不行!不管我多有魅力,也不可以一辈子孤老下去哟!"

iPod 的电池像是快用光了,液晶显示盘暗了下去。

"最后要说,非常感谢你。我,峰岸美丘跟桥本太一在一起,很幸福。没想到会留下这么多美好回忆,太一君,谢谢你。拜托你这么难办的一件事,真对不起。但我会等着你,一直等到你来。"

我停止播放,将播放器揣进口袋。店长过来检查头发的染色情况。我用手帕擦净眼泪,不过店长似乎还是有所觉察。

"哎呀,平安夜怎么会失恋呢?所以要染这大红的头发啊!明白啦!为让你狠狠帅一把,人家就给你露一手!圣诞期间一定要找个新的哦!"

我用沙哑的声音说了声谢谢,等着店长把头发染完。

我在收银台付了款,看到店里白色墙壁上挂着的穿衣镜里映出一个倒竖的头发像火一样燃烧着的年轻人。道谢出店,直奔地铁站。此时已接近下午一点。

在新宿地下街,我用上所有的钱让花店做了红玫瑰花束。心已麻木,玫瑰是否漂亮也不得而知。我右手拎着花,走向你正在等待的医院。在一楼大厅办完探视手续,乘电梯上了脑神经病房所在的十四楼。电梯里有位手持点滴输液架在院内散步回来的中年女性,她向我的脑袋和玫瑰花这两样鲜红的东西投来惊讶的目光。

电梯门滑开,眼前是摆放着沙发的廊厅。因为圣诞前夜这天是星期六,所有沙发上都坐满来探视的家人。我静静地缓缓地走过去,所有景物都像慢镜头般留在了眼底。

盥洗室、自动售货机墙角、护士站,经过身旁的护士向我点头致意,我戴着太阳镜点头还礼。看到那扇门,确认塑料名牌。

峰岸美丘。我爱的女生的名字,我为你践约来了。目睹这名牌的瞬间,我决定将这个名字的开头字母当作文身刻于胸前。我轻轻敲敲门框。

"美丘,是我！圣诞快乐！"

然后,我将走近你的病床,盯视着你的眸子说就按约定来！你将眨一次眼为我鼓劲儿。我看到一只伸向氧气吸入管的手,又看到一只拔掉点滴输液管的手,两只手同属于一个陌生男子。

我将在摆放着红色玫瑰花的病床上一直紧紧拥抱着你,直到你停止呼吸。

谢谢你,美丘,谢谢。

永别了,你将永远活在我心中。

## 图书在版编目（CIP）数据

美丘 /（日）石田衣良著；纪鑫译 . — 青岛：青岛出版社，2019.11
ISBN 978-7-5552-6277-0

Ⅰ . ①美… Ⅱ . ①石… ②纪… Ⅲ . ①长篇小说—日本—现代 Ⅳ . ① I313.45

中国版本图书馆 CIP 数据核字（2017）第 277987 号

『美丘』
MIOKA
© Ira ISHIDA 2006
First published in Japan in 2006 by KADOKAWA CORPORATION, Tokyo.
Simplified Chinese translation rights arranged with KADOKAWA CORPORATION, Tokyo through Hanhe International(HK) Co.,Ltd.

山东省版权局著作权合同登记号 图字：15-2017-126

| | |
|---|---|
| 书　　名 | 美　丘（MEI QIU） |
| 作　　者 | （日）石田衣良 |
| 译　　者 | 纪　鑫 |
| 出版发行 | 青岛出版社（青岛市崂山区海尔路 182 号） |
| 本社网址 | http://www.qdpub.com |
| 邮购电话 | 0532-68068091 |
| 策　　划 | 杨成舜 |
| 责任编辑 | 刘　迅 |
| 封面设计 | 小　乔 |
| 封面插图 | 赵晓凯 |
| 照　　排 | 青岛新华出版照排有限公司 |
| 印　　刷 | 青岛双星华信印刷有限公司 |
| 出版日期 | 2019 年 11 月第 1 版　2023 年 3 月第 4 次印刷 |
| 开　　本 | 大 32 开（880mm×1230mm） |
| 印　　张 | 8 |
| 字　　数 | 150 千 |
| 印　　数 | 18001-21000 |
| 书　　号 | ISBN 978-7-5552-6277-0 |
| 定　　价 | 35.00 元 |

编校印装质量、盗版监督服务电话　4006532017　0532-68068050
本书建议陈列类别：外国文学　青春　畅销